Larissa Harold

Lost in myself

TWENTYSIX- Der Self-Publishing-Verlag
Eine Kooperation zwischen der
Verlagsgruppe Random House und BoD-
Books on Demand.

© 2017 Harold, Larissa

Herstellung und Verlag:
BoD- Books on Demand, Nordstedt

ISBN: 9783740733759

Prolog

Manchmal möchte ich einfach verschwinden, gänzlich unsichtbar sein. Von nichts und niemandem wahrgenommen werden. Ich möchte wirklich in mir verschwinden, aber wünsche mir insgeheim, dass andere mir beim Verschwinden zusehen. Die unsagbare Kraft sehen, die es mir abverlangte, Stück für Stück aufzuhören zu existieren.

Doch wenn ich einen Moment innehalte, stelle ich fest, dass ich schon längst verschwunden bin.

Ich bin nur noch eine Hülle, ein Abziehbild meiner Selbst, das ausschließlich von Leid und Schmerz zusammengehalten wird...

Kapitel 1

Weinend verlasse ich mein Apartment. Nur wohin soll ich gehen? Es regnet, aber *das* ist nicht das Problem.

Zitternd ziehe ich mir meinen schwarzen Strickmantel enger um den Leib. Mit wackeligen Beinen gehe ich die gepflasterte Straße geradeaus und konzentriere mich einzig und allein auf den Regen, der meinen Mantel durchnässt.

Vor meinem geistigen Auge spielen sich die letzten zwanzig Minuten ab.

»Dann verpiss dich doch, du Miststück!«, brüllt Brian.

Völlig verdutzt sehe ich ihn an. »Ich will hier liegen und einfach meine Ruhe haben. Verdammt, du nervst«, schreit er und wendet mir auf der Couch seinen Rücken zu. Ich spüre die Wut in mir hochkommen, kontrolliere sie aber gleich wieder. »Schatz«, sage ich so ruhig wie möglich, um ihn nicht noch weiter zu reizen. »Schreist du mich gerade tatsächlich an, weil ich deine Klamotten wegräume?«

Sofort wendet Brian sich mir wieder zu und sieht mich an, eine Mischung aus Wut und Entsetzen zeichnet sich in seinem Blick ab. Oh ja, ich habe es nicht runtergeschluckt, du hast richtig gehört. »Wen interessiert es, ob du hier sauber machst oder nicht? Soll ich dafür auch noch dankbar sein? Nur weil du offensichtlich nichts Besseres mit deiner Zeit anzufangen weißt, brauchst du mir nicht auf den Sack gehen. Und jetzt verschwinde, bevor ich mich vergesse!«

Beim letzten Satz schwingt eine leichte Schadenfreude in seiner Stimme mit. Er weiß, dass ich nicht wegkann. Nur deshalb hat er die Macht, mich so zu behandeln. Ich schnappe mir meinen Mantel, schlüpfe in meine grauen Sneakers und verlasse fluchtartig und völlig geistesabwesend das Apartment.

Das große Straßenschild mit der Aufschrift „Mainstreet" ist nur noch zwanzig Schritte von mir entfernt. So weit war ich schon seit Monaten nicht mehr von zuhause weg.

Bei dieser Erkenntnis muss ich bitter lächeln. Ich bin siebenundzwanzig Jahre alt und fühle mich hier draußen völlig verloren. Mein Apartment ist gute zehn Minuten von hier entfernt. *Zehn Minuten!* Aber für mich ist das ein Gewaltakt. Schlagartig hört es auf zu regnen. *Ich bin zehn Minuten von meinem Apartment entfernt...* **Zehn Minuten!**

Hektisch sehe ich mich um. Da ist es wieder, dieses beklemmende Gefühl, das von ganz unten in meinem Körper nach oben aufsteigt. Schlagartig habe ich das Gefühl, ohnmächtig zu werden. Instinktiv kralle ich mich in dem Ärmel meines Mantels fest, so als ob dieser mir etwas Halt bieten könnte. »Nein Marissa, du wirst nicht ohnmächtig, das ist nur die Angst in deinem Kopf«, versuche ich mir im Flüsterton beruhigend einzureden. Doch wie zu erwarten hilft es nicht. Mit weichen Knien gehe ich ein paar Schritte weiter zu dem örtlichen Café. Wie üblich ist es nicht gut besucht, zu meinem Glück. Neugierige Leute, die mich mit ihren Blicken durchbohren, sind das Letzte, das ich jetzt gebrauchen kann. Langsam setze ich mich auf die kalten Stufen in der Gasse neben dem Café und umklammere mich selbst so

fest wie ich nur kann. Wieso bin ich nur herausgestürmt? Warum bin ich nicht einfach zuhause geblieben?
Ich habe das Gefühl, keine Luft mehr zu bekommen. Weinend lege ich meinen Kopf auf die eng angewinkelten Knie und wünsche mir, einfach zu sterben.

»Kann ich dir vielleicht helfen?«, holt mich eine tiefe, fremde Männerstimme aus meinen Gedanken heraus. Erschrocken schaue ich nach oben und versuche meine Tränen wegzublinzeln, um sein Gesicht besser erkennen zu können. »Keine Ahnung, kannst du?«, antworte ich unhöflicher, als ich vorhatte. Abwehrend hebt er seine Hände und schenkt mir ein atemberaubendes Lächeln. »Sorry, du sahst aus, als ob du Hilfe brauchen könntest.« Lässig fährt er sich mit der Hand durch sein dunkelblondes Haar. Jetzt wo ich ihn mir genauer ansehe, stelle ich fest, dass er sehr gut aussieht. Obwohl es gerade noch geregnet hat, sind seine knapp schulterlangen Haare trocken. Erst jetzt bemerke ich einen Schlüssel in seiner Hand, den er in kleinen, kreisförmigen Bewegungen hin und her schwenkt. Hinter ihm steht ein schwarzes Motorrad samt Helm auf dem Sitz. *Ob das ihm gehört?* Ungefragt setzt er sich zu mir auf die Treppe, irgendwie ist mir dabei unwohl. »Mieser Tag?«, fragt er geradeaus, ohne mich anzusehen. »Mieses Leben«, antworte ich und wische mir die letzten Tränen aus dem Gesicht. Er nickt und schaut nachdenklich in die Wolken. »Ich hole uns einen Cappuccino aus dem Café nebenan«, beschließt er und steht auf. »Was hältst du davon? Du trinkst doch Kaffee, oder?« Obwohl sein Tonfall so selbstsicher und arrogant klingt, wirkt er dennoch keineswegs abschreckend auf mich. Etwas verwirrt schaue ich in seine blauen Augen, die mich halb erwartungsvoll und halb belustigt ansehen.

»Nein«, platzt es aus mir heraus, noch bevor ich überhaupt weiß wieso. »Ich kenne dich doch gar nicht«, füge ich als lahmen Erklärungsversuch hinzu. Schon wieder erscheint dieses sexy Grinsen auf seinem Gesicht. »Oh, wie unhöflich von mir. Ich bin James. Und da du mich jetzt kennst, möchte ich dich bitten, hier zu warten, während ich uns einen Cappuccino hole.« Ohne eine Antwort von mir abzuwarten dreht er sich herum und geht Richtung Café. Bevor er aus meinem Blickfeld verschwunden ist, rufe ich ihm hinterher: »Ich bin Marissa.«

James nickt mir freundlich zu und ohne es zu wollen muss ich lächeln.

Nachdem wir unseren Cappuccino halb geleert haben weiß ich von James, dass er aus Downtown kommt, täglich ziellos mit seinem Motorrad durch die Straßen fährt, um den Kopf frei zu bekommen, er vierunddreißig Jahre alt und gerade erst hergezogen ist. Und dass er als Maler arbeitet. Unwillkürlich stelle ich ihn mir bei der Arbeit vor und unterdrücke ein Grinsen. Irgendwie hätte ich ihn mir besser als Model vorstellen können, als mit Farbklecksen übersät. Nach einer Weile des Schweigens sieht er mich mit ernster Miene an. »Was ist mit dir? Wieso warst du so aufgelöst?« Ich finde es befremdlich, von einem fast unbekannten Mann so intime Fragen gestellt zu bekommen. Dennoch denke ich einen kurzen Augenblick über seine Fragen nach. Wieso war ich so aufgelöst? Weil meine achtjährige Ehe mittlerweile eine Katastrophe ist? Weil ich ein Wrack bin? Oder einfach nur, weil ich mich selbst hasse? Da ich James wahrscheinlich nie wiedersehen werde, antworte ich wahrheitsgemäß.

»Ich hatte einen riesigen Streit mit meinem Mann.« Mehr braucht er nicht zu wissen. Für den Bruchteil einer Sekunde frage ich mich, ob er mir auch einen Cappuccino spendiert hätte, wenn ihm bewusst gewesen wäre, dass ich verheiratet bin. Doch dann fällt mir wieder ein, dass ich unattraktiv und wertlos bin. Wahrscheinlich hatte er nur Mitleid. Diese

Erkenntnis versetzt mir unversehens einen Stich in die Eingeweide. »Das muss ein heftiger Streit gewesen sein«, sagt er gedankenverloren und wischt mir eine Träne von der Wange. *Wieso weine ich schon wieder?* »Tut mir leid«, entschuldige ich mich und versuche die Fassung wiederzuerlangen. Doch leider gelingt es mir nicht. »Was genau tut dir denn leid?«, fragt er verwundert. »Dass ich die ganze Zeit heule und dich mit meiner Scheiße zutexte.« Verzweifelt wische ich mir erneut mit dem Handrücken durchs Gesicht und wende meinen Kopf von James ab, um meine Tränen zu verbergen. Unvermittelt zieht mich James näher zu sich heran und legt seine Arme um mich. Reflexartig mache ich mich innerlich ganz steif. Noch nie hat mich jemand in den Arm genommen, wenn ich geweint habe. Meine Eltern haben mich ausgelacht oder ignoriert, Brian wird jedes Mal wütend und verletzend. Mein Kopf ruht auf seiner Brust. Ich nehme einen tiefen Atemzug und stelle fest, dass er sehr gut riecht. Komischerweise fühle ich mich gerade sehr wohl, fast entspannt. Obwohl ich James gar nicht kenne, habe ich das Gefühl, dass ich genau das jetzt gebraucht habe. Einen kurzen Moment gebe ich mich diesem Gefühl voll und ganz hin und schließe die Augen. Mit einem leisen Seufzer löse ich mich schließlich aus seiner Umarmung und stelle mich der Realität. Beschämt sehe ich ihn an. »Ich danke dir«, flüstere ich. Unwillkürlich rufe ich mir in Erinnerung, wie ich hier vor weniger als einer Stunde zusammengekauert und am Boden zerstört Platz genommen habe. Von meiner Panik existiert nicht mehr die kleinste Spur. Der so selbstbewusste James blickt einen Augenblick zu Boden und zuckt beinahe verlegen mit den Schultern. »Ich habe doch gar nichts gemacht. Doch wenn ich je etwas für dich tun kann, lass es mich wissen.« Er grinst und zieht eine Augenbraue hoch. *Wie kann man nur so unverschämt gut aussehen?* Ich blinzle drei Mal hektisch und schaue ihn verlegen an. »Okay«, hauche ich atemlos. Etwas unbeholfen stehe ich auf und verabschiede mich.

»Rufst du mich mal an?«, fragt James, als ich ihm den Rücken zuwende. »Meinst du das ernst?« Nervös fange ich an zu kichern, das ist völlig untypisch für mich.

Selbstsicher kommt er auf mich zu und streckt mir seine Hand entgegen. »Gib mir dein Handy!«, fordert er mich auf. Wortlos reiche ich es ihm. Nachdem er seine Nummer eingespeichert hat, gibt er es mir mit einem selbstzufriedenen Gesichtsausdruck zurück und fährt mit einem breiten Grinsen auf seinem Motorrad davon.

Kapitel 2

Als ich nach Hause komme ist es im Apartment ganz still. Leise ziehe ich meine Sneakers aus und hänge meinen Strickmantel ordentlich an den Garderobenhaken. Vorsichtig werfe ich einen Blick ins Wohnzimmer und sehe, dass Brian vor dem gigantischen Flatscreen eingeschlafen ist. Es ist mir jedes Mal ein Rätsel, wie er nach so heftigen Auseinandersetzungen, die mich in einem vollständigen emotionalen Chaos verharren lassen, einfach so tun kann, als ob nichts gewesen wäre. Ich werde unter diesen Umständen weder essen noch schlafen können, denn meine Gedanken kreisen sich einzig und allein um das *warum*. Warum ist er so abwertend und grausam zu mir geworden? Seit wann sind ihm meine Gefühle so gleichgültig? Was heute vorgefallen ist, war nur ein Tropfen auf dem heißen Stein und keinesfalls das Schlimmste, was er mir in den letzten Jahren angetan hat. Dennoch verletzt es mich jedes Mal zutiefst, wenn er mich so behandelt. Und ihm ist das alles schlichtweg egal. Um Brian nicht zu wecken und mir weiteren Zorn zuzuziehen, schleiche ich mich in die Küche, um mir einen Tee zu machen. Meine Haare sind vom Regen noch völlig durchnässt und ich friere. Als ich nichtsahnend die Küche betrete, trifft mich der Schlag. Sämtliche Schränke sind ausgeräumt, drei Teller liegen zerbrochen auf dem Boden und der gesamte Inhalt der Haferflocken wurde mutwillig aus der Vorratsdose über die Anrichte verstreut. Die sonst so liebevoll gepflegte 25.000 Dollar Designerküche ähnelt einem Schlachtfeld. Jetzt packt mich die Wut. *Was denkt er sich nur?* Aufgebracht stampfe ich ins Wohnzimmer und tippe Brian zweimal auf die Schulter. Verschlafen sieht er zu mir hoch und richtet sich ein wenig auf. »Na, auch wieder zuhause?«

»Was soll *das*?«, frage ich um Beherrschung ringend und deute mit dem Kopf Richtung Küche.

»Reg dich mal ab. Wen stört das denn?« Er schnaubt abfällig und grinst mich provozierend an. Ich nehme all meinen Mut zusammen und balle meine Hände zu Fäusten.

»Geh und räum das weg! Ich habe den ganzen Tag, wie jeden Tag, alles sauber gemacht und dir deinen Kram hinterhergeräumt. Ich bin nicht deine Putzfrau!«, sage ich bestimmend und versuche, das Zittern in meiner Stimme zu verbergen. In seinem Blick sehe ich, dass ich diese magische Grenze, die er über die Jahre aufgestellt hat, überschritten habe. »Du räumst den ganzen Tag *meinen* Kram weg? Zu mehr bist du auch nicht zu gebrauchen. Mach es doch selber und jetzt kannst du mich mal!«, fährt er mich eisig an.

Er legt sich wieder auf die Couch und schließt die Augen. Fassungslos starre ich ihn an.

»Ich finde es widerlich wie du mich behandelst. Du denkst doch, dass du alles mit mir machen kannst. Wenn du nicht aufpasst, bin ich eines Tages einfach weg«, sage ich leise, beim letzten Satz bricht meine Stimme kaum merklich.

»Wo willst *du* denn hin? «, keift Brian mich an.

»Ich höre mir deine Scheiße nicht länger an. Sieh zu, dass du alleine klarkommst!« Im Eiltempo stürmt er zur Tür und greift nach seinen Schuhen. »Nein, bitte nicht schon wieder«, flehe ich verzweifelt. »Wieso kannst du nicht einfach vernünftig mit mir reden? Warum drohst du mir jedes Mal damit, dich einfach aus dem Staub zu machen, wenn dir etwas nicht passt?« Sofort spüre ich eine Woge der Übelkeit in mir hochkommen. Sein einziges und feigstes Druckmittel, das er gegen mich in der Hand hat, mich zu verlassen. Nur weil er weiß, dass ich ohne ihn aufgeschmissen bin. Ich hasse es so zu sein, doch ich stecke zu tief drin, ich finde keinen Weg mehr nach draußen. »Bitte Brian, lass uns doch in Ruhe über alles reden, es tut mir leid«, schluchze ich und schlage deprimiert die Hände vors Gesicht. Augenblicklich breitet sich dieses enge Gefühl, das mich nur schwer atmen lässt, in meiner Lunge aus. Mit großen Augen sehe ich Brian bittend an. Doch er wirft mir nur einen abfälligen Blick zu, gefolgt von einem boshaften Grinsen. Unbeeindruckt von meinem Leid schließt er die Tür hinter sich und hastet die Treppen hinunter.

Völlig entgeistert schaue ich auf die geschlossene Apartmenttür. In mir breitet sich ein Gefühl der Leere aus, gepaart mit schrecklicher Angst und purer Verzweiflung. Wie so oft ärgere ich mich über meine grenzenlose Dummheit. Ein normaler Mensch hätte diese Beziehung schon längst beendet, würde sich nicht jeden Tag aufs Neue erniedrigen lassen und dann noch betteln, dass der Partner bleibt. Aber so bin *ich* nicht! Er wird so schnell nicht wiederkommen, das ist mir bewusst. Denn ich soll leiden, das ist Brian immer am wichtigsten. Wie in Trance gehe ich ins Schlafzimmer und öffne die letzte Schublade meiner kleinen, weißen Kommode. Gezielt greife ich nach ganz hinten und hole einen sorgfältig gefalteten, rot gemusterten Schal hervor.
Dann fasse ich in den Schal hinein und ziehe mein kleines, graues Büchlein heraus. Erschöpft setze ich mich auf den flauschigen Teppich, der dekorativ vor der Kommode platziert wurde und fahre behutsam mit meinem Zeigefinger

über die zerknickten Kanten des Buchrandes. Dann beginne ich einen meiner Einträge zu lesen:

„Ich weiß nicht mehr, was ich machen soll. Die Stimmung zwischen uns wird immer angespannter, jeden Tag muss ich Angst haben, etwas falsch zu machen. Ich freue mich jeden Abend darauf, wenn ich endlich ins Bett gehen kann. Augen zu, Verstand aus und gedanklich so weit weg von hier wie möglich. Als ich schon im Bett lag, kam Brian zu mir und mir war sofort klar, was er wollte. Denn ohne Grund legt er sich schon lange nicht mehr so zeitig neben mich. Da die Stimmung zwischen uns aber so drückend war, habe ich mich schlafend gestellt. Daraufhin ist er total ausgerastet und fing an, mir sämtliche Beleidigungen an den Kopf zu werfen, die ihm einfielen. Ich habe dann versucht zu schlichten und so ruhig, wie es mir möglich war, mit ihm gesprochen. Doch er ließ sich auf kein Gespräch ein und steigerte sich immer mehr in seine Wut hinein. Obwohl ich die ganze Zeit ruhig blieb und versuchte ihn zu beruhigen, ließ er seine unverhohlene Wut ungefiltert an mir aus. Er war so hasserfüllt, dass er mir Dinge vorgeworfen hat, mit denen ich mich nicht mal identifizieren konnte. Egal was ich sagte, er behauptete, ich lüge! Er prügelte verbal immer mehr auf mich ein, bis ich schließlich anfing zu weinen. Wie so oft hatte ich den Ein-

druck, dass ihn mein Leid erst richtig anstachelte und aus meiner Verzweiflung heraus, habe ich ihn angefleht, endlich damit aufzuhören. Doch er machte einfach weiter. Ich bemerkte die Panik und die Hilflosigkeit in mir aufsteigen. Ich bettelte und flehte, dass er ENDLICH aufhören soll, es war so demütigend. Die Erniedrigung hat mich völlig aufgefressen. Ich kann es nur schwer ertragen, wenn ich so bin, ja, ich hasse es regelrecht! Wann bin ich nur so ein hilfloses, armseliges Etwas geworden? Als Brian dann auch noch anfing sich über meinen Schmerz zu amüsieren und mit meinen Ängsten spielte, hatte ich das Gefühl, er würde meine Seele malträtieren. Wie kann er nur so grausam sein? Dieser seelischen Folter konnte ich keine Sekunde mehr länger standhalten, daher verschwand ich wortlos im Bad, um zu versuchen, mich zu beruhigen. Als ich später wieder ins Schlafzimmer kam, war Brian friedlich eingeschlafen. Es kümmert ihn nicht, was er mir mit seinem Verhalten antut. Da wurde mir das erste Mal bewusst, dass ich ihn hasse. Ich hasse ihn! Wenn ich nicht so auf ihn angewiesen wäre, würde ich ihn verlassen, ihm ein deutliches Zeichen setzen, dass man keinen Menschen so behandelt! Und schon gar keinen, den man angeblich liebt. Doch meine unsagbare Angst vor dem Alleinsein und meine Abhängigkeit von ihm, macht mir die-

ses schier unmöglich. Wann hat er aufgehört mich zu lieben? Und warum? Ich fühle mich so einsam. Manchmal frage ich mich, ob ich nur geboren wurde, um gequält und erniedrigt zu werden. Ich kann so nicht weitermachen, ich hasse mein Leben so sehr!"

Ich muss heftig schlucken. Jede Emotion und die seelische Folter dieses Tages kommen beim Lesen wieder hoch. Ein Blick auf die Uhr verrät mir, dass es bereits 16.25 Uhr ist. Damit steigt die Wahrscheinlichkeit, dass Brian heute noch nach Hause kommt, auf null. Als ich vom Fußboden aufstehe, wird mir einen kurzen Moment schwarz vor Augen. Da wird mir bewusst, dass ich heute noch nichts gegessen habe. *Wenigstens etwas Gutes.*

Träge ziehe ich meine Hose aus und stelle mich auf die Waage. 43,8 kg! *Nicht schlecht.* Sorgsam stelle ich die Waage beiseite und betrachte mich im Spiegel. Meine langen, braunen Haare sehen zerzaust aus. Ich bin sehr blass, aber das bin ich eigentlich immer. Unter meinen großen, blauen Augen zeichnen sich unschöne Schatten und rote Flecken vom Weinen ab. Mit einem Hauch von Ekel mustere ich die Frau im Spiegel. Mir wurde schon oft gesagt, dass ich hübsch bin, nur dem kann ich absolut nicht zustimmen. Je länger ich mich betrachte, umso größer wird meine

Abscheu. Ratlos verlasse ich das Bad und schaue mich im Apartment um. Gezielt steuere ich das Schlafzimmer an, nehme zwei Schlaftabletten aus dem Nachttisch, schlucke sie hastig herunter und rolle mich auf dem Bett zusammen. »Schlaf einfach ein, schlaf einfach ein...«, flüstere ich mir selbst immer wieder beruhigend zu. Um mich herum wird es schwarz.

Tagebucheintrag

Heute hat mich nach Ewigkeiten meine Cousine Mia besucht. Als wir noch Kinder waren, standen wir uns sehr nah und hatten ein richtig geschwisterliches Verhältnis. Doch seit sie vor acht Jahren mit ihrer Familie nach England gezogen ist, haben wir nur noch sehr sporadischen und relativ oberflächlichen Kontakt. Da sie nach kurzer Zeit bemerkte, dass es mir offensichtlich nicht gut geht und von dem lebensfrohen, ausgelassenen Mädchen von früher nicht mehr viel übrig ist, habe ich beschlossen, mich Mia anzuvertrauen.

Mit einem Kloß im Hals habe ich ihr von meiner Angststörung erzählt, was diese Krankheit mit mir macht und wie einsam und machtlos ich mich damit fühle. Ihre Reaktion fiel leider ganz anders als erhofft aus. Sie hat in keinerlei Weise Verständnis für meine Situation. Sie betonte energisch, dass es alles nur eine Sache der Priorität und des Willens wäre. Am Ende des Gesprächs behauptete sie sogar, dass das auch keine Krankheit, sondern bloße Anstellerei wäre. Sie würde nicht nachvollziehen können, wie ich mich in meinem Selbstmitleid ausruhen kann.

Brian hat mir schon oft ähnliche Dinge vorgeworfen. Und manchmal frage ich mich ernsthaft, ob sie Recht haben.

Stelle ich mich nur an? Bin ich einfach zu dumm? Woran liegt es, dass ich so bin wie ich bin?

Doch dass ich mir solche Fragen stellen muss, macht mich nicht nur wahnsinnig fertig, sondern es macht mich auch wütend. Wissen denn all die Leute, die sich über solche Krankheiten, *ja,* ich sage *KRANKHEITEN*, lustig machen oder es abwertend abtun nicht, was es bedeutet so zu leben? Das ist natürlich nur eine rhetorische Frage, natürlich wissen sie es nicht. Bis zu meinem zwanzigsten Lebensjahr war ich eine ganz *normale* Frau. Ich war mit meinen Freundinnen unterwegs, hatte Zukunftspläne und bin alleine nach draußen gegangen. Wie jeder andere auch, es sind halt ganz normale, alltägliche Dinge, die kein gesunder Mensch je wertschätzt. Doch diese Leute mögen sich doch einfach mal versuchen vorzustellen, dass dies alles nicht mehr möglich ist. Von jetzt auf gleich. Man wacht eines Tages auf, möchte seinen alltäglichen Dingen nachgehen und plötzlich überkommt es dich. Das erste Mal ist das schlimmste Mal! Denn man ahnt nicht ansatzweise, was einen erwartet. Auf einmal ist es, als würde dir jemand die Kehle zuschnüren, dein Herz rast ohne erkennbaren Grund wie verrückt und in deinem Kopf fahren die Gedanken Achterbahn. Und es kommt aus dem Nichts.

Natürlich sucht man nach Erklärungen, fragt sich was das war, aber man findet keinen logischen Grund. Dann kommen unerwartet wieder gute Tage und bemüht sich, die Ereignisse einfach zu vergessen. Doch diese Panikattacken kommen immer und immer wieder. Und mit jedem Mal wird dieses Gefühl heftiger und intensiver.

Irgendwann verliert man das Vertrauen in sich selbst und in seinen Körper. Und ehe man sich versieht, lebt man einsam, deprimiert und isoliert über Jahre hinweg und fragt sich, ob man schier den Verstand verliert.

Ich habe in der Anfangszeit meiner Erkrankung in einem Onlineforum nach Hilfe gefragt und dort schrieb tatsächlich jemand:

»Selbst krebskranke Menschen stellen sich nicht so an wie du, du solltest dich schämen. Gehe einfach nach draußen, du wirst schon nicht sterben.«

Diese Sätze haben mich so sehr gekränkt und in meinen Selbstzweifeln verstärkt, dass ich tagelang nur noch weinen konnte. Ich verstehe nicht, wieso die Gesellschaft einen als Simulant abfertigt, nur weil man ein psychisches Leiden nicht sehen kann. Ich verstehe es wirklich nicht...

Kapitel 3

Die Wärme der durchs Fenster eindringenden Sonnenstrahlen lassen mich allmählich erwachen. Es ist ein sonniger, angenehmer Tag in Halefordcity, dem wohl kleinsten Stadtteil am Rande von New York. Doch die milden Temperaturen bessern meine Laune nicht im Geringsten. Mühsam versuche ich meine Augen zu öffnen. Die Betthälfte neben mir ist unberührt. Etwas benommen von den Schlaftabletten gehe ich mit wackeligen Beinen ins Wohnzimmer, um nachzusehen, ob Brian auf der Couch geschlafen hat. Doch im Wohnzimmer ist niemand. Steifbeinig schlendere ich ins Badezimmer und stelle mich unter die Dusche.

Danach mache ich mir in der Küche lustlos einen Tee und schaue auf das Durcheinander, das Brian mir hinterlassen hat. Ich kann mich nicht überwinden es zu beseitigen. Mittlerweile ist es schon Mittag, daher versuche ich Brian auf dem Handy zu erreichen. Es ist ausgeschaltet. Da die Vorratsschränke leer sind, müsste ichdringend in den Supermarkt, doch das traue ich mir nicht zu. Ein Gefühl der Übelkeit übermannt mich. Ich bin eine erwachsene Frau und kann *nicht* alleine einkaufen gehen. Meine Fingernägel vergraben sich so tief in meinen Handflächen, dass es Spuren hinterlässt. Mechanisch scrolle ich durch mein Handy und bleibe bei James' Namen stehen. Gedankenlos betätige ich die Anruftaste und lausche gespannt. Nach dem vierten Klingeln meldet sich eine genervte Männerstimme. »Ja?«, blafft James ins Telefon. »Hi, hier ist Marissa«, sage ich nach kurzem Zögern zaghaft. »Marissa!«, ruft er überrascht aus und sein Tonfall ist um Längen freundlicher.

»Wie schön, von dir zu hören. Was kann ich für dich tun?« Nervös spiele ich mit einer meiner nassen Haarsträhnen und denke fieberhaft nach, was ich darauf antworten kann. *Wieso habe ich ihn überhaupt angerufen?* »Ich habe durch mein Handy gescrollt und bin irgendwie bei deinem Namen stehen geblieben«, stottere ich verunsichert. Am anderen Ende der Leitung ist es still. Fünf Sekunden, sieben Sekunden, zehn Sekunden...»Bist du noch dran?«, frage ich irritiert. »Sollen wir uns gleich treffen? Ich würde dir gern etwas zeigen.« Gespannt wartet er auf meine Antwort. Doch ich glaube in seiner Stimme noch etwas anderes erkennen zu können. Aufregung? Ich bin mir nicht sicher. »Ich kann nicht rausgehen«, platzt es aus mir heraus. Angespannt schließe ich die Augen und beiße mir so fest auf die Innenseite meiner Wange, bis ich Blut schmecke. *Warum habe ich das gesagt?* »Was meinst du damit? Wieso kannst du nicht rausgehen?«, fragt er verwirrt. »Hat es etwas mit deinem Mann zu tun?« Sein Tonfall klingt drängend. Ich antworte nicht. Vielleicht sollte ich einfach auflegen und mich nie mehr bei ihm melden. Was habe ich mir dabei überhaupt gedacht? »Kannst du in einer Stunde bei dem kleinen Café sein?«, fragt er in meine Gedanken hinein.

»Ich weiß es nicht«, antworte ich mit zitternder Stimme. »Ich werde dort auf dich warten«, teilt James mir mit und legt auf. Ungläubig starre ich auf mein Handy und schüttle den Kopf. Gedankenversunken gehe ich ins Badezimmer und föhne mir die Haare. Schaffe ich den Weg bis zum Café nochmal? Möchte ich das überhaupt schaffen? Verunsichert schaue ich in den Spiegel und mein Spiegelbild grinst mich verstohlen an. Obwohl ich James erst einmal gesehen habe, verspüre ich ein ungeheures Verlangen, ihn so schnell wie möglich wiederzusehen. Nachdem meine Haare trocken und halbwegs annehmbar sind, schaue ich skeptisch in den Spiegel. Die dunklen Schatten unter meinen Augen sind nach wie vor sichtbar. Genervt greife ich zum Concealer, den ich seit Jahren schon nicht mehr benutzt habe, und versuche meine Augenringe, so gut es geht, zu verstecken. Jetzt fehlt nur noch etwas Eyeliner und Wimperntusche.

»Besser wird's nicht«, flüstere ich mir selbst enttäuscht zu.

Weshalb will sich James eigentlich mit mir treffen? Was hat er vor? Er weiß, dass ich verheiratet bin, ich habe optisch nichts zu bieten und offensichtliche Probleme. Unruhig laufe ich durch das Apartment und zermartere mir den Kopf, was für ein Motiv James haben könnte, mich wiedersehen zu wollen.

Mit zittrigen Beinen und fester Entschlossenheit gehe ich die „Mainstreet" entlang. Mein rasender Herzschlag erschwert mir jeden Schritt. Ich habe keine Ahnung wie spät es ist, aber ich sehe, dass James bereits am Ende der Straße lässig neben seinem Motorrad steht. Als er mich entdeckt, schenkt er mir sein strahlendes Lächeln und kommt mit zügigen Schritten auf mich zu. James trägt eine dunkelblaue Jeans, ein weißes Shirt und eine schwarze Lederjacke. Grinsend streicht er sich die wirren Haare aus dem Gesicht, er sieht einfach umwerfend aus. »Hey«, begrüßt er mich erfreut. Er sieht mich einen kurzen Augenblick an und umarmt mich zu meiner Überraschung. Zögernd erwidere ich seine Umarmung und schließe einen kurzen Moment die Augen, während ich begierig seinen beruhigenden Duft
in mir aufnehme. »Komm mit!«, fordert James mich gut gelaunt auf und ergreift meine Hand. Mit gezielten Schrit-

ten gehen wir auf sein Motorrad zu. Mit einem breiten Grinsen reicht er mir seinen Helm. »Wir machen eine kleine Tour«, erklärt er in meinen fragenden Gesichtsausdruck hinein. Sichtlich nervös zupfe ich an einer meiner Haarsträhnen. Der Weg hierhin war für mich schon die reinste Qual. Wie soll ich ihm begreiflich machen, dass ich nicht einfach sorglos mit ihm durch die Gegend fahren kann?
»Was hast du denn vor?«, frage ich, um Zeit zu gewinnen.
»Das wirst du erfahren, sobald wir dort sind.«
James lächelt geheimnisvoll. Angespannt knibble ich an einem losen Faden, der aus meinem Ärmel ragt und vermeide es, seinem Blick zu begegnen. »Was ist denn los?« Ich spüre seinen eindringlichen Blick auf mir ruhen. Meine Gedanken überschlagen sich. Was soll ich ihm erzählen? Soll ich, wie so oft in meinem Leben, eine fadenscheinige Ausrede erfinden? Oder soll ich ihm die Wahrheit sagen? Er wird auf der Stelle kehrtmachen und nichts mehr mit mir zu tun haben wollen. Ich könnte es ihm nicht mal verdenken. Bei diesem Gedanken, dass James so plötzlich aus meinem Leben verschwinden könnte, wie er aufgetaucht ist, wird mir flau im Magen. Beklommen sehe ich ihn an, noch immer wartet er auf meine Antwort. »Ich kann mich nicht einfach auf dein Motorrad setzen und unbeschwert mit dir

zum Ort X fahren. Genauso wenig kann ich mit meiner besten Freundin shoppen gehen oder meinen Wocheneinkauf alleine bewältigen, ich *kann* es *nicht*!«, sage ich viel lauter als beabsichtigt, verzweifelt mit einem Hauch von Wut. James starrt mich ungläubig an.

»Was hat das zu bedeuten?« Er runzelt ungläubig die Stirn. »Ich verstehe nicht.« Überfordert ihm darauf eine Antwort zu geben, wende ich mich von ihm ab, um mich auf den Rückweg zu machen. *Es ist sinnlos, wie sollte er das verstehen?* Doch weit komme ich nicht. James holt mich mit großen Schritten ein und baut sich vor mir auf. »Marissa, erkläre es mir bitte. Du kannst mich nicht einfach kommentarlos hier stehen lassen.« Meine aufgestaute Wut flackert in mir auf. »Ich *kann* vieles nicht, aber *das* kann ich sehr wohl«, fauche ich ihn an. Erschrocken über meinen unverhohlenen Wutausbruch, weicht er einen Schritt zurück. Schon wieder kämpfe ich gegen den Drang an, einfach in Tränen auszubrechen und blicke konzentriert zu Boden, in der Hoffnung, mich wieder unter Kontrolle zu bringen. Scheinbar bemerkt er meinen Stimmungsumschwung und nimmt vorsichtig meine Hand. »Wie wäre es, wenn wir uns in die kleine Gasse setzen und du mir erzählst, was los ist?«

Er sieht mich so hoffnungsvoll an, dass mir keine andere Wahl bleibt, als zuzustimmen.

Nach einer kurzen Zeit der Stille fange ich zögerlich zu erklären an. »Ich habe eine sehr ausgeprägte Angststörung. Mir fällt es schwer, außerhalb des Hauses zu sein. Mir wird schwindelig, ich habe das Gefühl keine Luft mehr zu bekommen oder ohnmächtig zu werden und dazu habe ich ständig Todesängste. Wieso das so ist, kann ich dir nicht beantworten, aber es ist ein unsagbar starkes und unbezwingbares Gefühl, das ich nicht kontrollieren, geschweige denn abschalten kann.« Prüfend schaue ich James direkt ins Gesicht. Er sieht ein wenig überfordert von meinem Geständnis aus, aber in seinen Augen erkenne ich auch ehrliches Interesse. Ich habe mit Ablehnung gerechnet, so wie meine Erfahrung es mir die letzten Jahre gelehrt hat. »Woher kommt das?«, fragt er und sieht mich aufmerksam an. »Ich weiß es nicht«, antworte ich wahrheitsgemäß. »Es kam schleichend. Eines Tages konnte ich plötzlich nicht mehr in die U-Bahn steigen, dann kam ich nicht mal mehr in die Bäckerei, die gerade mal zwei Straßen von mir entfernt ist. Mit der Zeit habe ich es hingenommen und daraufhin hat es sich verselbstständigt. Irgendwann war mein Radius so weit eingeschränkt, dass ich kaum noch das Haus verlassen konnte.« Gespannt hört James mir zu. Da er jetzt weiß, wie kaputt ich bin, erzähle ich ihm von meinem Elternhaus, in dem ich ständig gedemütigt und willkürlich bestraft wurde und wie ich in sehr jungen Jahren in eine Ehe mit ähnlichen Verhältnissen geraten bin. Ab und an nickt er oder zieht überrascht die Augenbrauen hoch, unterbricht mich aber keinmal. Während ich erzähle, hält James die ganze Zeit meine Hand und streicht liebevoll mit seinem Daumen meinen Handrücken entlang. Noch während ich mich erkläre, klingelt plötzlich mein Handy. Es ist Brian.

»Ich muss da rangehen«, sage ich entschuldigend und deute auf mein Handy. Mein Herzschlag beschleunigt sich.

»Hallo«, melde ich mich zurückhaltend.

»Wo steckst du?«, fragt Brian säuerlich.

»Ich mache einen kleinen Spaziergang.« Das ist das Erste, was mir einfällt. »Einen Spaziergang?«, ruft Brian ungläubig aus. »Ich möchte, dass du sofort nach Hause kommst Marissa, wir müssen reden!« Am anderen Ende der Leitung knackt es kurz, Brian hat aufgelegt. »Ich muss gehen«, sage ich betrübt. *Ich will nicht von ihm weg.* »Wann sehe ich dich wieder?«, fragt James zu meiner sichtlichen Verblüffung.

»Wieso willst du das denn überhaupt?«

»Wieso denn nicht?«, fragt er mit einem frechen Grinsen. Sein Lächeln ist ansteckend.

»Ich fahre dich«, beschließt er kurzerhand. Der Tonfall in seiner Stimme lässt keinen Widerspruch zu. Diesmal bin ich es, die nach seiner Hand greift und wir schlendern ohne Eile zu seinem Motorrad zurück.

Kapitel 4

Als ich das Apartment betrete werde ich von Brian wütend erwartet. Mit grimmiger Miene und vor der Brust verschränkten Armen steht er mitten im Türrahmen. »Hi«, flüstere ich und sehe zu Boden. »Wo hast du dich herumgetrieben?«, fährt er mich an. »Ich sagte doch, dass ich einen kleinen Spaziergang gemacht habe«, antworte ich beschwichtigend. »Sicher, du bist unfähig in den Supermarkt zu gehen, um das hier aufzufüllen...« Er öffnet die Tür zur leeren Vorratskammer. »Aber ein Spaziergang geht neuerdings in Ordnung?«, schreit er und knallt die Kammertür lautstark zu. Vor Schreck zucke ich zusammen, seine ungezügelte Wut jagt mir Angst ein. Was hat er für ein Problem? Wenn er jetzt schon auf hundertachtzig ist, weiß ich nicht, wohin er sich mit seiner Wut noch steigern will und was das dann für Ausmaße annehmen wird. »Ich dachte, du willst mit mir reden?« Erschöpft versuche ich seine Aufmerksamkeit in eine andere Richtung zu lenken. Brian funkelt mich zornig an und atmet hörbar aus. »Meine Arbeitskollegen und deren Familien treffen sich morgen auf dem alljährlichen Stadtfest. Dort werden die signifikantesten Kunden angeworben und es ist wichtig, dass ich dort auch in Begleitung erscheine.« Er macht eine kurze Pause. »Du kommst mit!«, sagt er bestimmend. »Zum Stadtfest?«, frage ich mit piepsiger Stimme. Beschämt senke ich den Blick und schaue auf meine Füße. »Das schaffe ich nicht«, murmle ich leise. »Du wirst mich begleiten. Ich kann mir nicht ständig Ausreden für dich einfallen lassen. Es ist mir egal wie, du wirst mitkommen!« Sein Tonfall klingt bedrohlich leise. Ich öffne meinen Mund, um etwas zu entgegnen, doch Brian kommt mir zuvor. »Kommst du nicht mit, ist es aus! Ich werde dich verlassen, Marissa. Ich lasse mich von dir nicht verarschen und habe keine Lust auf deine Spielchen. Wenn ich nicht zuhause bin, kannst du wie ein normaler Mensch nach draußen gehen, aber wenn du mich begleiten sollst, ist es dir zu viel? Du solltest mich nicht provozieren.« Er richtet seinen Zeigefinger drohend auf mich. Ohne ein weiteres Wort von mir abzuwarten, verlässt er den Raum. Das Gespräch ist für ihn beendet.

Steifbeinig gehe ich ins Bad und setze mich auf den kühlen Fußboden. Apathisch starre ich auf die kleinen, weißen Fliesen an der Wand. Ich kann also wie ein *normaler Mensch* durch die Gegend laufen. Hat er das gerade ernsthaft behauptet? Entweder ist ihm nicht bewusst, was das von mir abverlangt oder es ist ihm schlichtweg egal. Ich erinnere mich noch, wie liebevoll und fürsorglich Brian in der Anfangszeit unserer Beziehung war. Doch je mehr ich mich auf ihn einließ und je hilfloser ich in den Jahren wurde, umso grausamer und unberechenbarer wurde er zu mir. Und je mehr er mich wegstieß, desto verzweifelter wollte ich von ihm geliebt werden. Das Resultat ist bitter. Ich habe mich unbewusst Stück für Stück immer mehr von ihm abhängig gemacht, so dass ich gar nicht mehr weiß, wie ich ohne ihn zurechtkommen soll. Da ich weder alleine in den Supermarkt gehen kann, geschweige denn Arzttermine ohne seine Begleitung wahrnehmen oder andere alltägliche Dinge erledigen kann, ist es nur logisch, dass ich auch keinen Job habe. Und als ob all meine Einschränkungen nicht schon demütigend genug wären, gibt er mir regelmäßig das Gefühl wertlos zu sein. Kontinuierlich werde ich unter ihm immer kleiner und zerbrechlicher und er nutzt seine Macht über mich schamlos aus. Nach einer Weile, ich weiß nicht wie viel Zeit vergangen ist, stelle ich fest, dass es bereits anfängt zu dämmern. Bedächtig gehe ich ins Schlafzimmer und lege mich ins Bett. Als ich die kühle Leinen-Bettwäsche über meine Schulter ziehe, beginne ich unwillkürlich zu zittern. Doch ich friere nicht, es ist eine innere Kälte die mich übermannt. Wie soll ich den morgigen Tag nur überstehen? Unbewusst rufe ich mir James' Gesicht in Erinnerung. Sein freches Lächeln, seine eindringlichen blauen Augen, das widerspenstige Haar, das ihm locker ins Gesicht fällt... *James*... Ich falle in einen friedlichen Schlaf.

Den nächsten Morgen beginne ich mit einer ausgiebigen Dusche. Als ich das Bad verlasse, fühle ich mich überraschend entspannt. *Ob das nur die Ruhe vor dem Sturm ist?*
Brian sitzt in der Küche und liest angeregt seine Zeitung. Vor ihm steht eine Tasse mit frischem Kaffee, in der Mitte des Tisches steht ein Korb mit Gebäck. »Morgen«, hauche ich ohne ihn anzusehen. Wie jeden Morgen stelle ich den Wasserkocher an und versuche, mich zwischen einem Kräutertee und einem Früchtetee zu entscheiden.
»Guten Morgen«, erwidert Brian gut gelaunt. Erstaunt über seinen Stimmungswechsel drehe ich mich zu ihm um. Er hält den Gebäckkorb in meine Richtung und sieht mich erwartungsvoll an. »Hier, bediene dich.«
»Ich trinke nur Tee, danke«, entgegne ich und wende meinen Blick gleich wieder von ihm ab, um einen Teebeutel in meine Tasse zu hängen. Brian stellt den Korb wieder zurück auf den Tisch. »Wir müssen in zwei Stunden los. Es bringt

niemandem etwas, wenn du umkippst.« Er sieht mich prüfend an. »Wann hast du zuletzt etwas gegessen?«

Seine Stimme ist streng, aber nicht direkt unfreundlich. Sein Blick ruht auf meiner schmalen Taille. Ob ihm aufgefallen ist, dass ich wieder abgenommen habe? Ich denke ernsthaft über seine Frage nach und meine mich zu erinnern, dass ich vorgestern Mittag einen Apfel gegessen habe. Bei dieser Vorstellung knurrt mein Magen. Vielleicht könnte ich ja ein Croissant essen? Oder lieber ein halbes? Ja, eine Hälfe ist in Ordnung. Ich schütte das kochende Wasser in meine Tasse und setze mich Brian gegenüber.

Als er sieht, dass ich nach einem Croissant greife, liest er sichtlich zufrieden seine Zeitung weiter.

»Marissa, wir haben keine Zeit mehr«, ruft Brian durch die geschlossene Badezimmertür und klopft ungeduldig dagegen. Keuchend stütze ich mich am Waschbecken ab und sehe verzweifelt in den Spiegel. Konzentriert versuche ich meine Schnappatmung wieder unter Kontrolle zu bringen, vergebens. Ich schaffe das nicht, es ist einfach zu viel Druck. Mein Puls rast wie verrückt, die Vorstellung, jetzt nach draußen zu müssen, unter so viele Menschen und keine Wahlmöglichkeit zu haben, bringt mich schier an meine

Grenzen. »Brian, bitte zwing mich nicht dazu«, flehe ich. »Mir geht es echt nicht gut, mir ist übel und meine Beine hören nicht auf zu zittern...« Angestrengt schnappe ich nach Luft, doch ich habe das Gefühl, der Sauerstoff erreicht meine Lunge nicht. Panisch presse ich mir meine Hände auf den Brustkorb und versuche zwanghaft mich zu beruhigen. Doch der Druck in meiner Brust wird zusehends übermächtiger. »Es ist die Hölle«, japse ich und habe das Gefühl, mit diesen Worten meinen letzten Sauerstoff aufgebraucht zu haben. Innerlich bete und hoffe ich, dass er seine Meinung noch ändert. »Marissa, komm jetzt endlich!« Seine Ungeduld ist unüberhörbar. »Entweder kommst du sofort aus diesem beschissenen Badezimmer raus oder ich zeige dir mit Vergnügen, wie es in der Hölle wirklich aussieht.« Sein drohender Tonfall ist eiskalt. Schleppend öffne ich die Tür. Für den Bruchteil einer Sekunde sieht Brian mich erschrocken an, scheinbar entgeht selbst ihm nicht, wie aufgewühlt ich bin. »Reiß dich gefälligst zusammen!«, befiehlt er harsch und öffnet uns die Apartmenttür. Ich habe keine Wahl. Mit zittrigen Beinen und raschem Herzschlag folge ich ihm.

Verunsichert stehe ich auf dem großen Platz mitten in Downtown. Um mich herum sind viele Menschen, viel zu viele für meinen Geschmack. Ich sehe gut gelaunte Gesichter, Familien mit Kindern und offensichtlich frisch verliebte Paare. Ich fühle mich völlig fehl am Platz. Aber das bin ich auch. Brian steht ungefähr fünf Meter von mir entfernt und unterhält sich angeregt mit drei Männern, die schätzungsweise in seinem Alter sind. Ich weiß nicht woher er sie kennt, aber sie scheinen vertraut zu sein. Vermutlich sind es Mitarbeiter seiner Firma. Plötzlich berührt jemand hinter mir meinen Arm. Als ich mich umdrehe, sehe ich zu meiner Überraschung direkt in James' Gesicht. Augenblicklich erscheint dieses arrogante Grinsen um seinen Mund. Mit seiner schwarzen Lederjacke und seinen blonden, zotteligen Haaren, die ihm lässig ins Gesicht fallen, sieht er einfach unglaublich attraktiv aus. Ohne Vorwarnung zieht er mich in seine Arme. Ich erwidere seine Umarmung kurz, löse mich aber ruckartig von ihm, meinen Blick noch immer auf Brian gerichtet. Er ist so in seinem Gespräch vertieft, dass er auf mich, wie so oft, gar nicht achtet. »Was machst du so alleine hier?«, fragt James erstaunt. Mit einer Kopfbewegung nicke ich Richtung Brian. »Er hat mich mitgeschleift.« James entgeht mein säuerlicher Unterton nicht. Irgendwie fühle ich mich unbehaglich. »Und jetzt lässt er dich alleine in der Kälte stehen? Wie charmant«, bemerkt er sarkastisch. Ich sehe ihm seine Verärgerung deutlich an. »Wie wäre es, wenn wir uns dort in das kleine Café setzen und aufwärmen? Ich lade dich ein.«

»Ich kann nicht!«

»Ich kann sehr überzeugend sein.« Sein ernster, wenn auch leicht ironischer Unterton, lässt keinen Widerspruch zu.

Wie meint er das? Was hat er vor? Müde schüttle ich meinen Kopf. »Ich bin mir sicher, dass du das bist«, sage ich argwöhnisch. »Aber es geht nicht.« Eine scheinbare Ewigkeit sieht er mich nachdenklich an. Seine wunderschönen, blauen Augen durchdringen mich regelrecht. Erneut spüre ich diese Sehnsucht in mir aufkommen. Ich konnte dieses Gefühl bisher nicht richtig einordnen, aber jetzt erkenne ich es ganz eindeutig. Am liebsten würde ich mich in James' Blick verlieren und alles um mich herum vergessen. Doch ich muss gehen, kann es nicht riskieren, dass Brian mich mit ihm sieht. »Vielleicht wäre es besser, wenn du jetzt gehst«, schlage ich James vor und wende mich von ihm ab. Es fühlt sich unnatürlich an, ihm den Rücken zuzuwenden, denn eigentlich möchte ich nichts lieber als bei ihm zu sein. Als wäre er fähig meine Gedanken zu lesen, packt er mich am Arm und dreht mich unvermittelt zu sich. Ehe ich mich versehe, liegen seine Lippen auf meinen. Sein Mund ist warm und weich und er schmeckt einfach traumhaft. Obwohl mir bewusst ist, dass es falsch und ein absolut unpassender Zeitpunkt ist, kann ich nicht anders, als mich voll und ganz auf ihn einzulassen. Voller Hingabe atme ich seinen Duft ein und vergrabe meine Hände in seinen Haaren, während ich meinen Körper, sehnsüchtig nach seiner Nähe, enger an ihn heran presse. Er küsst mich so leidenschaftlich, dass ich einen Moment vergesse, wo ich gerade bin. Eine scheinbare Ewigkeit später löst er sich von mir. In seinen Augen sehe ich... *Liebe?* Das bringt mich vollständig aus der Fassung.

Wie gerne würde ich glauben, dass er etwas für mich empfindet. Doch wenn ihm bewusst wäre, wirklich bewusst, wer ich tatsächlich bin, würde er mich niemals mehr so ansehen. *Oder?*

Hoffnung keimt in mir auf. Nein, das ist nicht richtig. Wenn er mir wirklich etwas bedeutet, und zu meinem Entsetzen muss ich feststellen, dass es so ist, sollte ich ihm mich nicht antun. Mein Entschluss steht fest, ich werde James nicht wiedersehen. Denn was auch immer er glaubt in mir zu erkennen, er würde bitter enttäuscht werden.

Kapitel 5

Vier Tage sind bereits vergangen, seitdem ich James das letzte Mal so unerwartet gesehen habe. Brian ist wie üblich in der Firma, so bin ich wenigstens vor unverhofften Streitigkeiten geschützt. Ich bin allein. Allein mit meinen Gedanken und unglücklicher als je zuvor. Wie kann das sein? Was ist passiert? *Ich vermisse James.* Ich versuche diesem Gedanken keine Beachtung zu schenken. Unversehens reißt mich das Klingeln meines Handys aus meinen Grübeleien. Neugierig schaue ich auf das Display, es ist eine private Nummer. Skeptisch gehe ich ran, jedoch ohne etwas zu sagen. »Marissa?«, fragt eine mir sofort vertraute Stimme. *Es ist James.* Woher hat er meine Nummer? Schlagartig wird mir bewusst, dass er meine Nummer nach meinem Anruf gespeichert haben muss. Mein Herzschlag beschleunigt sich, aber auf eine angenehme Art und Weise.

»Hey James«, hauche ich schüchtern. »Was wolltest du schon immer gerne machen?«, platzt es freudig aus ihm heraus. Seine gute Laune ist sofort ansteckend. »Ich wollte mir schon immer die kleine Kapelle in der Riverstreet ansehen. Nachdem das Gebäude restauriert wurde, soll es dort wunderschön sein«, antworte ich spontan. Ich lausche mit angehaltenem Atem. Worauf will er hinaus?

»Ich stehe vor deinem Apartment. Kommst du runter?«

Er steht vor meinem Apartment? Wieso? Ungefähr fünf Sekunden denke ich über seinen Vorschlag nach und muss unwillkürlich lächeln. »Einverstanden, ich bin gleich unten.« Grinsend lege ich auf, schlüpfe in meine Sneakers und ziehe mir meinen Mantel an. Mit wildhämmernden Herzschlag schließe ich die Tür hinter mir.

Die „Riverstreet" ist nur einige Wohnblocks von meinem Apartment entfernt. James hat vorgeschlagen sein Motorrad stehen zu lassen, um einen kleinen Spaziergang zu machen. Der Weg bis zur Kapelle ist das reinste Gefühlsabenteuer. Je weiter ich mich von meinem sicheren Apartment entferne, umso übermächtiger wird das Gefühl der Angst. Obwohl James über meine Situation aufgeklärt ist, versuche ich mir angestrengt nichts anmerken zu lassen. Angespannt konzentriere ich mich auf meine Atemzüge und schaue mich, hoffend etwas Ablenkung zu finden, genau im Park um. Es ist ein kühler aber sonniger Tag. Die Bäume haben ihre ersten Blätter verloren und das satte Grün der Wiese leuchtet strahlend hell. Um mich herum sind vereinzelte Holzbänke, die ihre besten Tage schon hinter sich haben und einige spielende Kinder. Ich war hier noch nie zuvor, es ist friedlich und wunderschön. James sieht mich prüfend an. »Alles okay mit dir?« Mein kläglicher Versuch, ihm beruhigend zuzulächeln, scheitert.

»Ja«, sage ich nur. Unvermittelt bleibt James stehen.

»Möchtest du zurückgehen?« Stirnrunzelnd denke ich kurz über sein Angebot nach. »Nein, noch nicht«, sage ich mit fester Stimme. Sichtlich erfreut über meine Antwort nimmt er meine Hand und wir gehen weiter. Doch gerade als ich den Eindruck gewinne, dass es mir langsam besser geht, breitet sich dieses enge Gefühl in meinem Brustkorb aus, wodurch mir das Atmen schwerfällt. Es ist kein unbekanntes oder gar unerwartetes Gefühl, dennoch verspüre ich eine Art Todesangst in mir aufkommen. Ich kralle meine Nägel so fest in James' Hand, dass er augenblicklich stehen bleibt. »Marissa, aua, was machst du da?«, fragt er entgeistert. Panisch schaue ich ihn mit großen Augen an. *Ich muss mich beruhigen, sofort.* James sieht mich einen kurzen Moment hilflos an, doch dann erscheint ein Ausdruck in seinen Augen, den ich nicht einordnen kann. »Marissa«, sagt er im beruhigenden Tonfall. »Sieh mich an. Und jetzt konzentriere dich nur auf mich. Es ist alles in Ordnung«, versichert er mir. Mit gerunzelter Stirn sehe ich ihn verständnislos an. Mir ist bewusst, dass er mir nur helfen will, aber denkt er wirklich, dass es so einfach wäre? Bei diesem Gedanken muss ich innerlich lächeln.

»Ich versuche es ja«, sage ich mit stockendem Atem. Er sieht mir eindringlich in die Augen und legt seine Hände um mein Gesicht. »Willst du diese Kapelle von innen sehen?«, fragt er sanft. »Ja«, hauche ich. Sein Blick wird weich.

»Dann *versuche* es nicht Marissa, schaffe es! Ich bin bei dir und ich würde niemals zulassen, dass dir etwas passiert, ich verspreche es.« In James' Stimme schwingt so eine Leidenschaft mit, dass ich mir gestatte Hoffnung zu schöpfen. »Okay«, sage ich mit fester Stimme und gehe kurzerhand weiter. Erstaunt über meine Entschlossenheit, sieht James mir sichtlich beeindruckt hinterher und folgt mir.

Der Höhepunkt meiner Panikattacke ist rasch wieder vorbei. Ich bin erleichtert, dass das Schlimmste hinter mir liegt, aber ich fühle mich dennoch unsagbar erschöpft. Es ist jedes Mal so kräfteraubend. *Das wäre mir zuhause nicht passiert*, denke ich sarkastisch. »Schau mal, dort hinten!«, ruft James begeistert und deutet auf das kleine, weiße Gebäude. Ist das die Kapelle? Irgendwie habe ich sie mir größer vorgestellt. Freudig ergreift James erneut meine Hand und zieht mich regelrecht hinter sich her. Seine Euphorie ist ansteckend. Lächelnd gehe ich einen Schritt schneller, um mit ihm mitzuhalten. »Bereit?« James steht erwartungsvoll blickend vor der kleinen Kapellentür und sieht unglaublich aufgeregt aus. »Ja, bitte«, sage ich gespannt. Bedächtig öffnet er die schwere, kastanienbraune Tür. Als ich die Kapelle betrete, stockt mir der Atem. Es sieht einfach bezaubernd aus. Rechts und links von mir stehen in je fünf Reihen kleine Bänke aus rotbraunem Holz. Die lichtüberfluteten Wände sind vom Boden bis zur Decke mit weißen und rosa Wolken und riesigen Engelsbildern verziert. Es sieht keineswegs kitschig aus, eher, als würde man ein gigantisches Kunstwerk betrachten.

James beobachtet fasziniert meinen staunenden Blick.

»Es ist wunderschön«, hauche ich. Er verzieht seinen Mund zu einem selbstzufriedenen Grinsen. »Danke«, sagt er selbstgefällig. »Wieso danke?«, frage ich verwundert. »Sieh mal hier.« Er deutet am Rand der Malerei auf eine kleine Signatur. *J.E*.

»Ich verstehe nicht«, sage ich verwirrt und runzle fragend die Stirn. »James Evans. Als dieses Theater zu einer Kapelle umstrukturiert wurde, haben sie mich gerufen. Das war mein erster großer Auftrag«, sagt er sichtlich stolz.

»Wow, das ist der Wahnsinn«, stoße ich hervor. Bewundernd sehe ich mich um. »Es ist schön, dich lächeln zu sehen.« Sanft streicht er mit seinem Daumen über meinen Handrücken und haucht mir einen Kuss aufs Haar.
»Danke, dass du mich hierhergebracht hast«, entgegne ich strahlend.

Als wir die Kapelle verlassen, sehe ich nervös auf mein Handy. Es ist bereits später Nachmittag und Brian wird ungefähr in einer Stunde zuhause sein. »Möchtest du noch woanders hingehen?« James sieht mich hoffnungsvoll an.
»Ich muss nach Hause«, sage ich entschuldigend und mache einen Schmollmund. »Wieso?«, fragt er zu meiner Überraschung. »Brian wundert sich bestimmt, wo ich bin.« Verlegen schaue ich zu Boden. James ist so lange still, bis ich meinen Blick wieder auf ihn richte. Er sieht so aus, als ob er etwas sagen möchte, doch er tut es nicht. Schweigsam gehen wir nebeneinander her. Nach einer Weile greift er nach meiner Hand, reflexartig schmiege ich mich mit meinem Gesicht an seinen Arm. »Darf ich dich morgen wieder abholen?«, fragt er hoffnungsvoll. Abrupt bleibe ich stehen und sehe ihn skeptisch an.

»Wieso willst du das denn? James, ich verstehe gar nicht, wieso du deine Zeit mit mir verschwendest.« Augenblicklich setzt er einen ernsten Gesichtsausdruck auf.

»Magst du mich?«, fragt er und sieht mir dabei eindringlich in die Augen. »Ja, natürlich«, antworte ich leise. *Wie könnte man ihm auch nicht hoffnungslos verfallen?* »Dann will ich so einen Schwachsinn auch nicht mehr hören. Ich bin gerne mit dir zusammen«, stellt er klar. »Ja, sicher«, sage ich im ironischen Tonfall. Unerwartet packt James mich bei den Schultern und sieht mich durchdringend an. Dann lehnt er seine Stirn an meine und atmet hörbar aus. »Wenn du nur sehen könntest, was ich sehe«, flüstert er. Zärtlich drückt er mir einen Kuss auf die Lippen, den ich ohne zu zögern erwidere. Als er mich ansieht, bildet sich ein scheues Lächeln um seinen Mund. Schüchtern lächle ich zurück. Er nimmt zufrieden meine Hand und wir gehen weiter.

Am Apartment angekommen fällt mir direkt Brians silberner Porsche ins Auge. Hektisch lasse ich James' Hand los und gehe einen Schritt schneller. »Wieso hast du es denn plötzlich so eilig?«, fragt James und versucht mit mir Schritt zu halten. »Ich befürchte, dass Brian ist schon zuhause ist«, flüstere ich und sehe mich nervös um. »Du musst nicht dort reingehen, Marissa. Du musst nie wieder etwas tun, was du nicht möchtest.« James' Tonfall ist ernst. Was meint er damit? Natürlich *muss* ich dort reingehen.

»Ich befürchte, ich habe keine Wahl.« Zügig gehe ich zur Haustür und krame meinen Schlüssel aus der Tasche. Als ich aufschließe und einen Blick über meine Schulter werfe, steht James direkt hinter mir. Überrascht zucke ich zusammen. »Bitte«, hauche ich und senke den Blick. Er muss gehen, sofort! James nimmt meine unübersehbare Anspannung zur Kenntnis, presst mir einen kurzen Kuss auf die Stirn und geht. »Ich rufe dich morgen an«, ruft er mir ohne sich umzudrehen zu. Ist er sauer auf mich? Ich schüttle den Kopf, darauf kann ich mich jetzt nicht konzentrieren. Viel zu groß ist die Angst vor dem, was mich im Apartment erwartet.

»Wieso bist du schon zuhause?«, frage ich, als ich das Apartment betrete und versuche, das Zittern in meiner Stimme zu verbergen. Brian sieht mich ausdruckslos an, sagt aber kein Wort. Verunsichert bleibe ich im Flur stehen und halte angespannt den Atem an. »Ich war ein wenig spazieren. Ich dachte, etwas frische Luft tut mir gut«, erkläre ich in die beängstigende Stille hinein.

»Schon wieder?«, fragt er leise, sichtlich um Beherrschung bemüht. »Ich... ich dachte es wäre vielleicht gut, wenn ich lerne, mal wieder aus dem Haus zu kommen.«

Schlagartig fühle ich mich von Schuld erdrückt. Nicht etwa, weil ich mit James unterwegs war, sondern weil Brian mir, wie so oft in der Vergangenheit, das Gefühl gibt, etwas Unrechtes getan zu haben. Sobald ich irgendetwas mache, was gegen seine Pläne verstößt, macht er mir das Leben mit seinen Psychospielchen zur Hölle. »Ist dir bewusst, dass ich seit einer Stunde hier auf dich gewartet habe? Wo zur Hölle warst du?«, schreit er mich an. »Nur spazieren«, entgegne ich kleinlaut. »Ich habe mir die Kapelle angesehen und...«

Erschrocken lasse ich meinen Satz unbeendet im Raum stehen, als Brian zornig drei Schritte auf mich zukommt.

»Mein ganzes Leben muss ich nach dir ausrichten«, brüllt er und packt mich grob an den Oberarmen. »Du kannst einfach nichts alleine. Ständig muss ich mich nach der armen, hilflosen Marissa richten und dann komme ich nach Hause und du bist wieder nicht da! *Das* geht also und bei jedem anderen Scheiß stellst du dich so an?« Er ist außer sich vor Wut und das macht mir Angst, eine scheiß Angst. Was soll das bedeuten, er richtet sein Leben nach mir aus? Was bitte? Entweder ist er in der Firma oder er trifft sich bis spät in die Nacht mit angeblichen Freunden, die ich noch nie zu Gesicht bekommen habe. Hält er mich tatsächlich für so naiv? Und jetzt nimmt er sich das Recht heraus mir vorzuwerfen, er würde sein Leben nach mir ausrichten? Als ob er jemals Rücksicht auf mich nimmt. »Meinst du, ich weiß nicht, dass du mich betrügst?«, platzt es unüberlegt aus mir heraus. Ungläubig starrt er mich mit offenem Mund an. Einen kurzen Augenblick später fängt er sich direkt wieder und grinst mich höhnisch an. »Und?«, fragt er spöttisch.

»Was willst du dagegen tun? Verlässt du mich jetzt etwa?« Er lacht voller Verachtung. Ich habe das Gefühl, mir bleibt jede Sekunde das Herz stehen. Es ist also wirklich wahr. Es war nicht nur eine meiner irrationalen Ängste, er hat es wirklich getan. Schlagartig bekomme ich am ganzen Körper eine Gänsehaut. »Ich bin ein Mann, Marissa. Und ab und zu brauche ich mal eine *normale* Frau. Das heißt ja nicht, dass ich dich nicht mehr liebe.« Wieder dieses grässliche Grinsen. Er rückt mit seinem Gesicht so nah an meins, dass ich seinen Atem riechen kann. »Jetzt wo du es weißt, muss ich nicht länger so tun, als müsste ich Überstunden machen.« Er streicht mir eine Strähne hinters Ohr. Angeekelt trete ich einen Schritt zurück und lehne mich gegen die Apartmenttür. In mir breitet sich eine Woge der Übelkeit aus. Ich balle meine Hände zu Fäusten und funkle ihn zornig an. »Du widerlicher Mistkerl.«

»Ganz ruhig Schätzchen. Wir beide wissen, dass du nicht in der Position bist, dir solche Ausfälle zu leisten.«

Selbstgerecht stolziert er ins Wohnzimmer, setzt sich mit verschränkten Armen auf die Couch und grinst mich an.

»Also, wo bleibt mein Essen?«, fragt er provozierend und verzieht sein Gesicht zu einer boshaften Grimasse. All die Demütigungen und Qualen der letzten Jahre kommen schlagartig in mir hoch. Ich habe mir dutzende Male versucht einzureden, dass es meine Schuld ist, dass *ICH* die Verantwortung dafür trage, wie er mich behandelt. Einfach, weil er es schlichtweg nicht leicht mit mir hat. Jahrelang habe ich versucht mich selbst davon zu überzeugen, dass es eine Art »Strafe« ist, mit der ich nun mal leben muss. *Aber jetzt reicht es mir, es ist genug!* Die letzten Jahre habe ich mich kaputter und kaputter gemacht, da er meine Angst, nichts wert zu sein, immer bekräftigt hat. *Du musst nie wieder etwas tun, was du nicht möchtest.* James' Worte kommen mir wieder in den Sinn und plötzlich wird mir bewusst, wie Recht er hat. Meine Schmerzgrenze ist erreicht! »Weißt du was Brian? Leck mich!«

Hastig stürme ich ins Schlafzimmer und hole einige meiner Sachen aus der Kommode. Hosen, Socken, Unterwäsche, Oberteile und den Schal mit dem kleinen Büchlein landen unsanft auf dem Bett. Dann hetzte ich ins Bad und schnappe mir meine Zahnbürste und einige Pflegeutensilien. Auf dem Weg zurück ins Schlafzimmer, nehme ich meine Handtasche vom Garderobenhaken und stopfe alles so schnell wie möglich in die Tasche. Ungläubig sieht Brian mir zu. »Was wird das?«, fragt er aufgebracht und baut sich im Türrahmen auf, um mir den Weg zu versperren.

»Lass mich vorbei!«, fordere ich ihn mit zittriger Stimme auf. Wutentbrannt packt er mich bei den Schultern und schiebt mich rückwärts durch das Schlafzimmer. Ich bleibe erst abrupt stehen, als sich die Türgriffe des Kleiderschranks tief in meinen Rücken bohren. Erschrocken zucke ich vor Schmerz zusammen. »Was auch immer du dir vorstellst, vergiss es!«, zischt er. Das mir vertraute und stets so sichere Apartment kommt mir plötzlich wie ein geschlossener Sarg vor. Ich habe Mühe zu atmen, ich muss hier raus!

»Brian, lass mich sofort los!«, sage ich mit bebender Stimme. Er drückt mich fester gegen den Schrank und schlingt mir seine Hand um den Hals. Verzweifelt versuche ich, mich aus seinem Griff zu befreien. »Du tust mir weh, Brian, bitte lass mich los«, japse ich. Wie von Sinnen schlägt er drei Mal mit voller Kraft neben meinem Gesicht gegen die Schranktür. Erschrocken kneife ich die Augen zusammen, halte den Atem an und hoffe inständig, nicht ohnmächtig zu werden. Plötzlich klingelt es an der Tür, woraufhin Brian sofort von mir ablässt. »Wer zur Hölle ist das?«, funkelt er mich eisig an. Ein Schwall der Erleichterung durchfährt mich, als mir einfällt, dass ich heute mit Ava verabredet bin.

Ava McConell ist seit dem Kindergarten meine beste Freundin. Und obwohl wir uns durch ihren Job im Jugendvereinsheim und ihrem Studium nur selten sehen, hat sie nicht ihr Talent verloren dann aufzutauchen, wenn ich sie am dringendsten brauche. »Es ist Ava«, stammle ich. »Wir sind verabredet.« Ein wiederholter Strom der Erleichterung durchfährt mich. Als es erneut klingelt, stampft Brian wütend zur Gegensprechanlage. »Marissa ist nicht hier, du kannst wieder abhauen Ava!« Fassungslos schaue ich ihn an. Als er erneut auf mich zustürmt, klingelt es wieder, einmal, zweimal, dreimal. Brian macht auf dem Absatz kehrt. »Was?«, brüllt er in die Sprechanlage.

»Brian was soll das? Ich weiß, dass Marissa da ist. Mach sofort die Tür auf!« Avas Stimme klingt besorgt und gereizt zugleich.

Ohne nachzudenken gehe ich mit zügigen Schritten zur Tür und habe Mühe, mit meinen zittrigen, verschwitzen Fingern den roten Knopf an der Gegensprechanlage zu bedienen.
Ich spüre deutlich Brians erzürnten Blick auf mir ruhen, doch obwohl ich außen starr vor Angst bin, während in mir drin ein Tornado aus Panik und Fassungslosigkeit fegt, gelingt es mir, Ava die Tür zu öffnen.
Es surrt von unten und einige Sekunden später höre ich sie im hastigem Tempo die Stufen hochkommen.

Kapitel 6

Es kommt mir ewig vor, bis ich den kleinen, roten Smart entdecke. Ava schiebt mich eilig vor sich her und schaut sich immer wieder hektisch um. »Steig ein!«, sagt sie und öffnet mir die Beifahrertür. »Meine Sachen...«, stammle ich. Nachdem Ava ins Apartment gestürmt kam und mich völlig apathisch in der Ecke hat hocken sehen, während Brian mich anschrie, hat sie mich geistesgegenwärtig aus dem Apartment gezerrt. Sie stöhnt laut auf. » Wo sind deine Sachen?«

»Irgendwo im Schlafzimmer in meiner Handtasche.« Meine Stimme zittert beinahe so sehr wie mein Körper. »Bin gleich wieder zurück«, sagt sie entschlossen und knallt schwungvoll die Beifahrertür zu. Bewegungsunfähig sehe ich zu, wie sie in meinem Apartment verschwindet. Ich schließe meine Augen und zähle in Gedanken bis einhundert. Von Ava ist nichts zu sehen. Mit zittrigen Fingern spiele ich nervös an einer meiner Haarsträhnen. Was soll ich jetzt tun? Was, wenn Brian auf sie losgegangen ist? Bei diesem Gedanken wird mir speiübel. Gerade als ich beschließe, wieder ins Apartment zurückzugehen, kommt Ava, mit meiner Tasche um die Schulter geschlungen, auf ihr Auto zugestürmt. Hastig wirft sie meine Handtasche auf den Hintersitz, steigt ein und lässt sofort den Motor an. »Der ist ja komplett irre«, schimpft sie. »Was war da oben los?« Aufgewühlt suche ich ihren Blick. »Hat er dich angefasst?«, frage ich und merke, wie ich augenblicklich kreidebleich werde. »Pff, das sollte er mal wagen. Wieso, hat er dich angefasst?« Entsetzen zeichnet sich in ihrem schmalen Gesicht ab. Eine volle Minute wartet sie auf meine Antwort und studiert wortlos meinen resignierten Gesichtsausdruck. Schweigend wende ich mich von ihr ab und stelle das Autoradio an.

»Danke, dass du meine Sachen geholt hast«, sage ich nur und drehe das Radio lauter. Zu meiner Erleichterung akzeptiert sie meinen Wunsch nach Schweigen und fährt los. Obwohl ich noch immer am ganzen Leib zittere und mir übel ist, kommt meine erwartete Panik nicht hoch.

Erschöpft schließe ich die Augen und lausche dem Text von Bowies »*Heroes.*« *Ich werde nicht weinen.* Diese Genugtuung gönne ich Brian kein weiteres Mal. *WE CAN BE HEROES. JUST FOR ONE DAY!* Ich konzentriere mich nur noch auf die Musik und versuche, alle anderen Gedanken auszublenden.

Abgespannt wickle ich die flauschige Fleecedecke so fest es geht um meinen Leib. Ich bin geduscht, habe meine Haare zu einem strengen Zopf zusammengebunden und sitze erschöpft und aufgekratzt zugleich auf Avas Couch.

»Trink das!« Ava stellt eine Tasse mit frischem Kräutertee vor mir auf dem Tisch ab. Seit ich das letzte Mal bei ihr zuhause war, ist eine ganze Zeit vergangen. Dennoch stelle ich fest, dass sich hier nichts verändert hat. Die kleine Wohnung beherbergt ein gemütliches Chaos, überall liegen Zeitschriften und Kleidungsstücke herum. Auf den Fensterbänken und den zahlreich kleinen Kommoden aus Naturholz stehen unzählige, liebevoll gepflegte Pflanzen und Fotorahmen. Obwohl Ava im Gegensatz zu mir eher chaotisch eingerichtet ist, fühle mich sofort wie zuhause.

»Danke«, sage ich und nippe vorsichtig an dem dampfenden Tee. Sie setzt sich zu mir und sieht mich erwartungsvoll und gespannt zugleich an. Leise seufze ich und fange zu erzählen an. Ich erzähle ihr von den Erniedrigungen und seelischen Qualen, die ich an Brians Seite erlebt habe. Dass er mich ständig niedermachte und mir Schuldgefühle einimpfte, wenn etwas nicht nach seinen Vorstellungen lief. Und davon, dass ich irgendwann den Glauben an mich selbst verloren habe. Mit der Zeit habe ich versucht mein unabänderliches Schicksal zu akzeptieren und bin immer tiefer in einem Sumpf aus Selbstmitleid, Hilflosigkeit und

Selbsthass versunken. Seinen Betrug erwähne ich mit keiner Silbe. Als ich mich frage, wieso ich das nicht tue, wird mir bewusst, dass es für mich keine Rolle mehr spielt. Natürlich tut es weh meine Befürchtungen bestätigt zu bekommen, doch diese Tatsache erscheint mir im Augenblick einfach sehr belanglos. »Marissa, ich weiß nicht, was ich sagen soll. Ich hatte ja keine Ahnung, wie drastisch sich das bei euch zugespitzt hat.« Ava sieht mich betroffen an.
»Du bleibst natürlich so lange wie du möchtest bei mir. Wieso hast du dich nicht eher von diesem Arsch getrennt?« Sie rutscht näher an mich heran und streicht mir mitfühlend über den Rücken. Unwillkürlich zucke ich bei dieser Berührung zusammen. Der Zusammenstoß mit dem Kleiderschrank hat offensichtlich Spuren hinterlassen. Angestrengt versuche ich den Schmerz zu ignorieren. »Ich hatte gehofft, dass sich das alles irgendwie von selbst löst. Was hatte ich denn für eine andere Wahl?«, frage ich und schaue auf meine ineinander verschränkten Finger.
»Es wird alles wieder gut, ich verspreche es«, sagt sie überzeugt und steht auf. »Ich mache uns jetzt eine leckere Tomatensuppe aus der Dose. Das ist nämlich das Einzige, das ich kochen kann. Abgesehen von heißem Wasser.«

Sie zwinkert mir mit einem breiten Grinsen zu, woraufhin ich ihr ein dankbares Lächeln schenke.

Die Tomatensuppe riecht herrlich. Doch mein Magen ist wie verschlossen, ich kann mich nicht überwinden, etwas davon zu essen. Ava sieht mich skeptisch an. »Keinen Hunger?«, fragt sie. Entschuldigend sehe ich sie an. »Ich habe noch immer ein Problem mit dem Essen«, gebe ich zu und zucke mit den Schultern. Eindringlich mustert sie mich und schaut auf mein hervortretendes Schlüsselbein. »Das ist nicht zu übersehen«, tadelt sie mich. Gerade als ich etwas entgegnen möchte, klingelt mein Handy kurz auf. Sofort verlasse ich die Couch und schaue argwöhnisch auf das Display. Eine SMS. Mit zittrigen Fingern öffne ich die Nachricht, sie ist von James.
»Ich würde dich gern morgen um 18 Uhr abholen. Der Nachmittag war sehr schön.«
»Brian?«, fragt Ava angespannt.
»Nein«, entgegne ich ausweichend. Fragend sieht sie mich an und hebt eine schwungvoll gezupfte Augenbraue. Ich erzähle ihr in der Kurzfassung, wie James und ich uns das erste Mal begegnet sind, wie ich es dank ihm geschafft habe mir die Kapelle anzusehen und wie er mich in Down-

town küsste. Freudestrahlend hört sie mir zu und grinst mich verschmitzt an. »Oh Marissa, ich habe dich lang nicht mehr so lächeln sehen. Los, antworte ihm«, fordert sie mich auf und klatscht enthusiastisch in die Hände. Ihre Begeisterung ist unübersehbar. »Ich weiß nicht«, sage ich zögerlich und verkrieche mich wieder in die hinterste Ecke der Couch. »Es ist alles so viel im Moment und ich verstehe gar nicht, wieso er sich überhaupt für mich interessiert.«

Ava rollt übertrieben mit den Augen und stöhnt einmal hörbar aus. »Nicht schon wieder diese Leier. Wahrscheinlich interessiert er sich für dich, weil du klug, interessant und zum Auffressen süß bist«, sagt sie und sieht mich liebevoll an. »Ja, *das* war auch mein erster Gedanke«, entgegne ich sarkastisch. Wir sehen uns zwei Sekunden lang an und fangen lauthals an loszulachen.

Seit einer geschlagenen halben Stunde überlege ich fieberhaft, was ich James antworten soll. Gedankenverloren kaue ich an meinem Daumennagel.

»Treffen wir uns an dem kleinen Café? Marissa«

Seine Antwort folgt prompt.

»Ich freue mich. James«

Lächelnd lege ich mein Handy beiseite und versuche nicht darüber nachzudenken, wie ich diesen Weg morgen schaffen soll.

»Soll ich dich fahren?« Ava sieht mich skeptisch an. Sie steht in einem engen, geblümten Kleid vor mir, in dem ihre schlanke Figur perfekt zur Geltung kommt. Sorgsam streicht sie sich eine ihrer blonden Strähnen hinters Ohr, während sie auf meine Antwort wartet. »Nein, ich werde es alleine schaffen. Danke dir.« Meine Unsicherheit ist nicht zu überhören. »Natürlich schaffst du das«, sagt sie ermutigend. »Du kannst mich jederzeit auf dem Handy erreichen. Hier sind meine Schlüssel, damit du dich wieder selbst reinlassen kannst. Bei mir wird es vermutlich spät.« Sie zwinkert mir zu und drückt mir die Schlüssel in die Hand. Dann umarmt sie mich kurz zum Abschied und geht zur Tür hinaus. Nachdem Ava die Wohnung verlassen hat, habe ich mir die Zeit mit einer ausgiebigen Dusche, frisieren, etwas Ordnung schaffen und ziellos durch die Räume umherirren vertrieben. Natürlich hätte ich auch in einer von ihren unzähligen Frauenzeitschriften lesen können, um mir die Zeit zu vertreiben, aber dafür ist meine innere Unruhe zu herrisch.

Mittlerweile ist es später Nachmittag und wenn ich pünktlich am Café erscheinen will, muss ich mich bald auf den Weg machen. Bei diesem Gedanken kommt das vertraute Kribbeln in meinen Beinen zum Vorschein. Ich gehe ins Bad und werfe einen letzten, prüfenden Blick in den Spiegel. Nervös kämme ich mir mit den Fingern nochmal grob durchs Haar und verlasse achselzuckend das Badezimmer.

Mit zittrigen Fingern ziehe ich mir Mantel und Sneakers an, verstaue den Schlüssel in meiner Jackentasche und gehe etwas steifbeinig aus der Tür. Gerade als ich die Wohnung verlassen habe, überkommt mich eine heftige Woge der Übelkeit. Meine Beine beginnen unnatürlich zu zittern und mein Herzschlag pulsiert mir bis in die Ohren. *Nicht schon wieder!* Eilig haste ich zurück in Avas Wohnung und setze mich auf den harten Laminatboden im Flur, in der Hoffnung, dass mein Körper sich entspannt. Doch wie üblich reagiert mein Körper ganz und gar nicht wie gewünscht. Mein Herz fängt so heftig zu klopfen an, dass mir schwindelig wird. Schwer atmend sehe ich auf die Uhr. James wird mich in zehn Minuten am Café erwarten. Das darf nicht wahr sein! Verzweifelt lege ich mich mit angewinkelten Knien auf den Boden und schließe die Augen. Wie soll ich zu dem Café kommen? Wieso schaffe ich die einfachsten

Dinge nicht? *Ich bin ein Nichts, ich verabscheue mich.* Das Klingeln meines Handys reißt mich aus meinen unschönen Gedanken. Sofort gehe ich ran und halte angespannt den Atem an. »Marissa?« Ich erkenne James' Stimme direkt. »Wo steckst du?« Erschrocken werfe ich einen erneuten Blick auf die Uhr. Zu meinem Entsetzen stelle ich fest, dass ich seit zwanzig Minuten nutzlos auf dem Boden liege und mich im Selbstmitleid suhle. Schweigen.

»Marissa? Alles in Ordnung? Hörst du mich?«

»Nein, nichts ist in Ordnung«, sage ich kurz angebunden.

»Was ist los?« Seine Besorgnis in der Stimme bricht mir beinahe das Herz. *Ich bin nur zu dumm, das Haus zu verlassen, kein Grund zur Sorge,* denke ich gereizt.

»Irgendwie habe ich meine Schwierigkeiten, von hier wegzukommen«, gebe ich beschämt zu. Am anderen Ende der Leitung herrscht einen kurzen Augenblick Stille. »Soll ich dich abholen?«

»Nein, auf keinen Fall!«, sage ich bestimmend. Die Situation ist schon demütigend genug, auch ohne dass man mich wie ein Kleinkind an die Hand nehmen muss. Und ich habe keine Lust, James auf die Schnelle zu erklären, wieso ich nicht in meinem Apartment bin. Tränen der Wut steigen

mir in die Augen. »Dann warte ich hier auf dich Marissa.«
Innerlich stöhne ich resigniert auf.

»Das wird mir nicht helfen, auch wenn ich dein Angebot sehr zu schätzen weiß. Mir würde es unendlich leidtun, wenn du auf mich wartest und ich einfach nicht hier rauskomme«, sage ich frustriert. Vielleicht sollte ich ihm einfach absagen. James seufzt einmal hörbar auf.

»Marissa, ganz im Ernst. Mir macht es nichts aus auf dich zu warten. Du kannst jetzt oder in zwei Stunden losgehen, ich würde das nicht sagen, wenn es nicht so wäre. Du schaffst das, daran habe ich gar keinen Zweifel«, sagt er überzeugt. Mit angehaltenen Atem stelle ich mir vor, wie ich durch diese Tür gehe, die Straße entlang und schließlich am Ziel ankomme. Bei James, *James ist das Ziel*. Zitternd stehe ich auf und atme einmal ganz tief ein und mit geschlossenen Augen wieder aus. »Okay, ich werde gleich bei dir sein«, sage ich entschlossen und ziehe die Tür hinter mir zu.

Nervös knete ich meine Finger, während ich die „Pearlstreet" entlang gehe. Unbehaglich werfe ich einen Blick über meine Schulter. Es wäre unsagbar schrecklich, wenn ich Brian über den Weg laufen würde, auch wenn das um diese Uhrzeit fast ausgeschlossen ist. Ich schüttle diesen

Gedanken sofort wieder ab, der Weg fällt mir schon ohne diese Horrorvorstellung schwer genug. Unwillkürlich laufe ich einen Schritt schneller, das machen meine Beine ständig, wenn ich nervös bin, so als ob sie ein Eigenleben entwickeln würden. Zur Ablenkung zähle ich in Gedanken meine Schritte. Als ich bei einhundertacht angekommen bin, sehe ich James bereits von Weitem lässig an seinem Motorrad stehen. Er streicht sich gedankenverloren eine Strähne aus dem Gesicht, ehe er mich wahrnimmt. Lächelnd kommt er zügig auf mich zu und schließt mich in seine Arme. Erleichtert atme ich seinen herrlichen Duft ein. Meine Unruhe ist schlagartig wie weggeblasen. »Ich dachte wirklich, ich schaffe es nicht«, flüstere ich an seinen Brustkorb gelehnt.

Er legt mir seine Hände ums Gesicht und sieht mir eindringlich in die Augen. »Ich hatte nicht den geringsten Zweifel, dass du es schaffst.« Dieses gewohnt sexy Grinsen umspielt seine Mundwinkel. James ergreift meine Hand.

»Los, gehen wir«, sagt er und führt mich zu seinem Motorrad.

Tagebucheintrag

Gerade hat Ava mir eine Mail geschickt mit wahnsinnig tollen Fotos von ihrem Urlaub auf den Malediven. Als ich mir das Bild genauer angesehen habe und erkennen konnte wie glücklich sie zu sein scheint, wurde ich etwas wehmütig. Und neidisch! Ich hasse Neid, ich verachte es so zu sein. Es sind ungefähr 28 Grad und der Himmel ist strahlend blau. Wie gern würde ich jetzt einfach nach draußen gehen, shoppen, spazieren, mit dem Rad einkaufen fahren, einfach irgendwas. Stattdessen sitze ich in meinem stickigen Apartment und kann von solch banalen Aktivitäten nur träumen. Brian ist mit seinen Arbeitskollegen gerade im Freibad und geht danach noch in die Kneipe, um den Abend ausklingen zu lassen. Schon allein der Gedanke zwischen so vielen Menschen und dann auch noch draußen zu sein, beschert mir unheimliche Bauchschmerzen, Atemnot und Übelkeit. Und das ist jedes Mal so! Wieso muss ich unter dieser verfluchten Krankheit leiden? *Wieso?* Ich habe schon alles Erdenkliche versucht, Verhaltenstherapien, autogenes Training, selbst Hypnose. Aber nie konnte ich eine dauerhafte Besserung feststellen.

Unzählige Male habe ich mich gezwungen und überwunden vor die Tür zu gehen, doch letzten Endes hat meine Angst mich übermannt und gewonnen.

Abgesehen von der offensichtlichen Strafe, dass ich ausgeschlossen, gefrustet, deprimiert und unglücklich bin, fühle ich mich dazu ständig allein. Natürlich kann ich mit Ava über meine Problematik sprechen, sie hört mir jedes Mal einfühlsam zu und bemüht sich, mich aufzubauen. Doch *verstehen* kann es niemand, der nicht selbst betroffen ist.

Brian sagte mir schon oft, dass ich mich nicht so anstellen soll und dass ich aufhören muss, mich selbst zu bemitleiden. Doch denkt er allen Ernstes, dass ich mich *anstelle?* Wie schön wäre es, wenn die Lösung so einfach wäre!

Dass ich mich bemitleide stimmt teilweise, denn ich kämpfe und bemühe mich jeden Tag aus dieser Angststörung herauszukommen, doch ich kann keine Erfolge erzielen. Ich bin voller Tatendrang und Träume, doch ich kann nichts verwirklichen oder ausleben. Und das Schlimmste ist, dass es immer wieder Menschen gibt, die diese Tatsache nicht nur nicht ernst nehmen, sondern auch noch belächeln. Ich bin eine ganz gewöhnliche, junge Frau, die das Leben noch vor sich hat. Nur spielt sich mein Leben meist nur in meinen Gedanken ab, denn ich bin einfach nicht stark genug, mich aus diesem Teufelskreis alleine zu befreien. Ich habe Brian schon oft gebeten mir ein wenig Unterstützung zu bieten, doch leider falle ich nicht in seine Prioritätenliste. So lange ich das Apartment sauber mache und gelegentlich für seine Triebe herhalte, ist er scheinbar versorgt. Dieses

Wissen frustet mich nur umso mehr. Ich weiß nicht, ob er mir tatsächlich helfen könnte, ich möchte ihm auch gar keine Verantwortung zuspielen. Aber die Tatsache, dass er mir nicht mal helfen möchte, lässt mich an seiner Liebe zweifeln. Na ja, das und wie er mich sonst halt so behandelt. Aber sich ständig nur zu beklagen nützt mir auch nichts. Ich ziehe mich jetzt um und werde mich bemühen, wenigstens ein paar Minuten draußen die Sonne zu genießen. Selbst wenn es wieder nicht klappt, ich werde es immer wieder versuchen und die Hoffnung nicht aufgeben. Denn Hoffnung ist im Moment das Einzige, das ich noch habe.

Kapitel 7

James hat sein Motorrad vor seinem Apartment abgestellt. Da es mir überraschend gut geht, habe ich vorgeschlagen, noch ein wenig Zeit an der frischen Luft zu verbringen, woraufhin er freudig zustimmte. Auf dem Weg zurück zu ihm erzähle ich kurz angebunden von den neuesten Ereignissen und dass ich vorerst bei Ava wohne. »Ich kann nicht behaupten, dass ich darüber traurig bin. Es war die richtige Entscheidung«, sagt James und legt seinen Arm um meine Taille. Da ich nicht weiter über dieses Thema sprechen will, bleibe ich stehen und küsse ihn, fordernd und innig. Er schmeckt so traumhaft, dass ich den ganzen Tag so mit ihm hier stehen bleiben könnte. Als wir uns voneinander lösen, sieht er mich liebevoll an. »Möchtest du reingehen?« Lächelnd nicke ich ihm zu.

James' Apartment ist nur halb so groß wie meins. Für einen Mann finde ich es auffallend ordentlich und geschmackvoll eingerichtet. Die Möbel sind in schwarz und Beigetönen gehalten, im weiß gefliesten Wohnzimmer liegt ein riesiger, karamellfarbiger Teppich. Doch was mir als erstes ins Auge fällt, ist sein vor dem Fenster platziertes, schwarzes Klavier. »Du spielst?«, frage ich überrascht. James steht mit verschränkten Armen im Türrahmen und grinst mich arrogant an. Er trägt Jeans, ein hellblaues, locker sitzendes Hemd und seine widerspenstigen Haare fallen ihm wie üblich ins Gesicht. Er sieht so unwiderstehlich gut aus, dass ich mich sofort eingeschüchtert fühle. »Ein wenig«, raunt er und fixiert mich mit seinem Blick. Schüchtern sehe ich zu Boden und betrachte die großen, weißen Fliesen unter meinen Füßen. »Wieso bin ich hier James?«, frage ich, um der knisternden Atmosphäre auszuweichen. Augenblicklich erlischt sein Grinsen. »Möchtest du denn nicht hier sein?«, fragt er leise. »Doch, schon. Aber ich verstehe den Sinn nicht. Wieso gibst du dich mit mir ab? Warum kümmert es dich, wie es mir geht?« Frustriert weiche ich seinem eindringlichen Blick aus. Ich kann mir einfach nicht vorstellen, was für ein Interesse er an mir haben könnte. James durchquert mit vier großen Schritten den Raum und stellt sich direkt vor mich. Zärtlich hebt er mein Kinn an, damit ich ihm in die Augen sehe. »Als ich dich das erste Mal sah, wie du so schmerzerfüllt in der kleinen Gasse gesessen hast, da hast du irgendetwas in mir ausgelöst.« Er macht eine kurze Pause und sieht mich eindringlich an. »Du sahst so verloren und so verletzlich aus und dennoch hast du mir mutig die Stirn geboten, als ich dich so frech angequatscht habe. Das fand ich sehr... interessant.« Er grinst schief. Ungläubig runzle ich die Stirn. »Ja, das hatte Klasse, nicht?«, entgegne ich sarkastisch. »Irgendwie schon«, raunt er nachdenklich und rückt mit seinem Gesicht näher an meins. Plötzlich erfüllt dieses Knistern wieder den Raum, ich fühle mich ihm völlig ausgeliefert. Seufzend schließe ich die Augen. Sanft legt er seine Lippen auf meine und umschlingt mit seinen Händen zärtlich mein Gesicht. Ich erwidere zaghaft seinen Kuss, der liebevoll und fordernd zugleich ist. Völlig wehrlos lasse ich mich voll und ganz von meinen Gefühlen übermannen und knöpfe ihm spontan die ersten drei Knöpfe seines Hemds auf. Er weicht einen halben Schritt zurück und sieht mich voller Leidenschaft an. Dann wandert er mit seinen Händen langsam an meiner Taille hinab. Ehe ich mich versehe, liegen seine Lippen erneut auf meinen. Sein Kuss ist einnehmend und zu meiner Überraschung lasse ich mich ungezügelt darauf ein. Hier so nah bei ihm zu sein, fühlt sich unglaublich richtig an. Obwohl ich mich selbst als unattraktiv wahrnehme, habe ich plötzlich das Gefühl, mit mir im Reinen zu sein. James gibt mir das Gefühl, dass ich richtig und in Ordnung bin. Doch soll ich diesem Gefühl vertrauen? Bevor meine Selbstzweifel die Oberhand gewinnen, ziehe ich hastig mein Shirt aus und blicke James durch meine langen Wimpern schüchtern an. Mit einer Mischung aus Leidenschaft und Zweifel erwidert er meinen Blick. Ihm scheint meine Verunsicherung nicht zu entgehen, daher gehe ich so nah an ihn heran wie es mir möglich ist, lege meine Arme um seinen Nacken und nicke ihm zaghaft zu. Er schenkt mir sein sexy Grinsen und küsst mich erneut voller Hingabe. Als ich leise aufstöhne, befreit er sich von seinem Hemd, hebt mich mühelos in seine Arme und trägt mich ins Schlafzimmer.

Mein Kopf ruht auf James' Brust. Ich versuche mich zu erinnern, wann ich das letzte Mal mit jemanden geschlafen habe. Natürlich hatten Brian und ich gelegentlich Sex, aber es hatte nicht viel mit Liebe oder Gefühlen zu tun. Die letzten Jahre hatte ich den Eindruck, einfach für seine Triebe herhalten zu müssen. Mit James war es ganz anders. Er war liebevoll und zärtlich und obwohl ich befürchtete, dass diese Empfindung gar nicht mehr in mir existiert, hat er so etwas wie *Liebe* in mir ausgelöst. Ja, ich habe mich geliebt gefühlt. James küsst mich sanft auf die Stirn. »Woran denkst du?«, fragt er leise. Langsam wickle ich die Decke um mich und setze mich auf, um ihn besser ansehen zu können. »Ich denke an gar nichts«, sage ich lächelnd.

Er setzt sich ebenfalls und streicht mir beinahe beiläufig mit seinen Lippen ganz sanft über meine Schulter.

»Hast du Hunger?«, flüstert er und bedeckt meine Schulter mit hauchzarten Küssen. »Nein«, sage ich ohne zu überlegen. Meine Standardantwort. »Was genau ist eigentlich passiert? Wieso bist du so plötzlich ausgezogen?« Seine Miene ist ernst. Unruhig zupfe ich an der Bettdecke herum, was für ein Themenwechsel!

»Ich möchte jetzt nicht darüber sprechen«, wiegle ich ab. Unbehaglich schaue ich mich im Raum um und beschließe mich anzuziehen. Umständlich stehe ich mit vorgehaltener Decke um meinen Leib auf und suche meine Sachen zusammen. Als ich mich vorbeuge, um meine Hose aufzuheben, verrutscht mir die Decke so, dass mein Rücken unbedeckt ist. Reflexartig ziehe ich die Decke wieder hoch. Sofort steht James ruckartig auf und stellt sich vor mich.

»Was ist *das*?«, fragt er entsetzt und zeichnet mit seinem Finger einen beinahe apfelgroßen blauen Fleck unterhalb meiner Schulter nach. »Gar nichts, ich bin ein Tollpatsch«, sage ich ausweichend. James sieht mich ausdruckslos an.

»War er das?« Beklommen blicke ich zu Boden. »War er das Marissa?« Sein Tonfall ist harsch.

»Was spielt das für eine Rolle? Was geht dich das überhaupt an?«, fauche ich. James sieht aus, als hätte ich ihm eine Ohrfeige verpasst. Mit halb geöffneten Mund weicht er einen Schritt zurück, damit ich weiter meine Sachen einsammeln kann. Wortlos gehe ich ins Bad und ziehe mich hastig an. Dann werfe ich einen flüchtigen Blick in den Spiegel. Ich sehe gehetzt aus, genauso wie ich mich gerade fühle. Ich will kein Mitleid von James, ich will nicht, dass er mich auf diese Art ansieht. Als ich den Flur betrete steht James schweigend vor mir. Er hat sich in der Zwischenzeit seine Jeans angezogen, sein Oberkörper ist nackt. Unwillkürlich denke ich daran, wie ich noch vor wenigen Minuten mit dem Gesicht auf seiner perfekt trainierten Brust lag und wie wohl ich mich gefühlt habe. »Du hast nichts falsch gemacht«, reißt er mich aus meinen Gedanken heraus. »Hat *er* dir das angetan? Sag es mir, Marissa!« Sein Tonfall ist bestimmend. »Ja, ja, ja, ja...«, keife ich ihn an. »Bist du jetzt zufrieden? Für wen zum Teufel hältst du dich eigentlich?« Zornig funkle ich ihn an. Ich spüre wie sich meine aufgestaute Wut langsam an die Oberfläche kratzt. Wieso musste er diesen schönen Augenblick unbedingt zerstören? »Ich halte mich für den Mann, der dich liebt, Marissa«, sagt er geradeaus. *Liebt?* Hat er Liebe gesagt? Schlagartig ist meine

Wut wie verraucht. »Du... liebst mich?«, stammle ich und merke, wie sich mein Herzschlag beschleunigt. »Du kennst mich doch gar nicht, du weißt so gut wie nichts von mir.« Verzweifelt suche ich nach Gründen, die seine Aussage widerlegen. Er schenkt mir ein kleines Lächeln und kommt langsam auf mich zu. Liebevoll streicht er mir eine Strähne hinters Ohr und zeichnet mit seinem Daumen die Konturen meines Gesichts nach. »Ich kenne dich noch nicht sehr lange, das ist richtig. Aber ich *weiß* so einiges von dir. Ich *weiß,* dass du ständig nervös bist und deshalb dauernd an deinen Haaren rumspielst. Ich *weiß,* dass du offensichtlich nicht viel von dir hältst und eine total verdrehte Meinung von dir hast, was mir ein Rätsel ist, aber das tut nichts zur Sache. Ich *weiß,* dass es dir unangenehm ist, wenn man dir ein Kompliment macht und ich *weiß*, dass du, obwohl du dich selbst wohl nie so wahrnehmen wirst, einer der stärksten Menschen bist, den ich je getroffen habe.« Er hält kurz inne und sieht mich eindringlich an. »Wenn du dich doch nur mit meinen Augen sehen könntest.« Er atmet deprimiert aus. Seine Worte klingen so aufrichtig, dass ich nichts zu entgegnen weiß. »James«, flüstere ich und versuche mich aus seinen Armen zu befreien, doch er lässt es nicht zu. »Du hast keine Ahnung, was du da sagst. Du bist klug, liebevoll und unübersehbar sexy. Du hast wirklich etwas Besseres verdient.« Augenblicklich zeichnet sich ein harter Ausdruck in seinen Augen ab. »Wenn ich an meine Vergangenheit zurückdenke, dann kann ich nur hoffen, dass ich niemals das bekomme, was ich verdiene«, flüstert er unheilvoll. *Was soll das jetzt wieder bedeuten?* Ich lehne meinen Kopf vor Erschöpfung an seine Brust. Ich bin hin- und hergerissen von seinen Worten. So gerne würde ich glauben, was er sagt, doch mein Verstand lässt es nicht zu. Es ist viel zu abwegig. Er liebt mich? Wie könnte man *mich* lieben? Ich bin eine totale Katastrophe. Und ich bin nicht bereit, mir in ein paar Wochen das Herz herausreißen zu lassen, wenn er bemerkt hat, wie sehr er sich in mir täuscht. Mit Tränen in den Augen sehe ich ihn an, lege meine Hände um seinen Nacken und küsse ihn so innig und leidenschaftlich wie ich nur kann. Sehnsüchtig vergrabe ich meine Hände in seinen Haaren, spüre wie er seine muskulösen Arme um meine Taille schlingt und gebe mich für den Bruchteil einer Sekunde der Vorstellung hin, dass dieses Gefühl niemals enden muss. Vorsichtig löst er sich von mir, legt seine Hände an meine Wangen und sieht mich fragend an. »Wofür war der denn?« Sein Blick wird weich. Entschieden straffe ich meine schmalen Schultern und nehme all meinen Mut zusammen. »Ich habe Gefühle für dich James, daran besteht kein Zweifel. Du hast mich kennengelernt, als ich am Boden zerstört war und hast mir wie ein Heiliger zur Seite gestanden. Dafür bin ich dir unendlich dankbar, auch wenn ich nicht verstehe, wieso du das gemacht hast. Aber ich werde jetzt gehen. Ich, du, *wir*... das ist viel zu schön um wahr zu sein und macht überhaupt keinen Sinn.« Widerwillig, aber fest entschlossen, gehe ich zur Tür und schlüpfe in meine Sneakers. »Es macht wirklich keinen Sinn«, betone ich nachdrücklich, doch innerlich fühlt es sich an, als würde alles in mir zerbrechen. *Ich muss hier raus.* Noch ehe meine Finger die Klinke erreichen, packt James mich am Arm und stellt sich erneut vor mich. »Marissa, ich bin nicht Brian! Was auch immer du dir für eine Scheiße einredest, hör sofort damit auf! Ich habe dir gerade gesagt, dass ich dich liebe, verdammt. Bleib, ich würde dir niemals weh tun, niemals«, sagt er mit ernster Miene, die keinen Zweifel zulässt. Aus irgendeinem Grund glaube ich ihm. So wie er dasteht und mich mit seinem aufrichtigen Blick ansieht, kann ich nicht anders, als ihn augenblicklich zu küssen. Bereitwillig erwidert er meinen Kuss und presst mich mit seinem gesamten Körpergewicht gegen die Apartmenttür. Leidenschaftlich vergrabe ich meine Finger in seinen Haaren und schließe genüsslich die Augen. Ich will ihm so nah sein, wie es nur menschenmöglich ist und an seiner Reaktion merke ich, dass es ihm ganz genauso geht.

Als ich im dunklen Schlafzimmer aufwache, weiß ich im ersten Moment nicht, wo ich bin. Aus dem Wohnzimmer höre ich leise Musik. Schläfrig ziehe ich mir James' Hemd über und schleiche mich zu ihm ins Wohnzimmer. Er sitzt am Klavier. Lächelnd betrachte ich ihn eine ganze Weile und versuche die letzten Stunden zu verarbeiten. Hier bei ihm zu sein fühlt sich so vertraut an. Ich denke einen Augenblick über seine Worte von vorhin nach, als er sagte, dass er mich liebt. Im gedämpften Licht betrachte ich seine wunderschöne Silhouette und begreife schlagartig, dass ich ganz genauso empfinde. Doch irgendetwas in mir will das nicht wahrhaben, zu groß ist die Angst, dass das mit uns ein böses Ende nimmt. Wir kennen uns gerade einmal ein paar Tage und obwohl ich mir meiner Gefühle bereits sehr sicher bin, weiß ich nicht, ob James sich bewusst ist, worauf er sich einlässt. Kann man nach so wenigen Tagen schon von Liebe sprechen? Sofort beginnt mein Herz wild zu klopfen, so als ob es mich von meinen Gefühlen überzeugen wollte. *Ich bin doch schon längst überzeugt,* denke ich schwermü-

tig. Und dann ist da auch noch die Sache mit Brian. Betrübt versuche ich diesen Gedanken zu ignorieren. »Darf ich mich zu dir setzen?«, frage ich in die Klänge hinein. James dreht sich herum und grinst mich entschuldigend an.
»Habe ich dich geweckt?«, fragt er und legt den Kopf ein wenig schief. »Nein«, lächle ich schüchtern und setze mich neben ihn.

In einer angenehmen Stille sitzen wir am Klavier. James beginnt eine mir unbekannte, beruhigende und wunderschöne Melodie zu spielen. Er sieht mich einladend und liebevoll an. Durch meine sich überschlagenden Gedanken fühle ich mich so schwer, als müsste ich die Last der ganzen Welt auf meinen Schultern tragen. Langsam setze ich mich noch ein Stück näher zu ihm und atme seinen Duft ein. Augenblicklich entspannt sich alles in mir. Es fühlt sich so gut und so richtig an, hier bei ihm zu sein. Verträumt lehne ich mich an seine Schulter und beobachte, wie seine geschickten Finger über die Tasten gleiten. Die Wärme seiner Haut dringt an mein Gesicht. Er ist einfach perfekt, ich muss mir langsam eingestehen, dass ich diesen Mann aufrichtig liebe. Abrupt endet die Melodie, die gerade noch den Raum erfüllte. James dreht sich zu mir und schlingt seine Hände um mein Gesicht. »Was beschäftigt dich so?« Er sieht mich ernst an. Ich senke den Blick und überlege, was ich darauf erwidern soll.

»Ich liebe dich nur so sehr«, sage ich aufrichtig.

»Nur?«, fragt er lächelnd und zieht eine Augenbraue hoch.

Sein Blick wird weich, dann küsst er mich. Der Duft seiner Haut, der Geschmack seiner Lippen und das angenehme kitzeln seines Bartes, lässt mich für einen Augenblick alles vergessen. Ich fühle mich in seinen Armen geborgen, ich fühle mich...*frei.*

Wie könnte ich diesen Mann nicht lieben?

Kapitel 8

Nachdem James und ich uns noch bis zum Sonnenaufgang unterhalten haben, erwache ich steifbeinig auf seiner Couch. Ich habe gar nicht gemerkt, dass ich eingeschlafen bin. James liegt neben mir, sein Arm ist fest um meine Taille geschlungen. Er sieht so friedlich aus, dass ich mich nicht traue, mich zu bewegen. Zufrieden schmiege ich mich lächelnd enger an ihn heran. Einen kurzen Augenblick später regt er sich. »Bist du wach?«, fragt er verschlafen.

»Sieht so aus«, sage ich und strecke mich. Schelmisch sieht er mich an. *Wie kann man nur so unverschämt gut aussehen?* »Frühstück?« James steht auf und wirft mir einen erwartungsvollen Blick zu. »Nur Tee bitte.« Als sich unsere Blicke treffen, zupfe ich verlegen an meinen Haaren.

»Du bist seit gestern bei mir und hast seitdem nichts gegessen, Marissa«, stellt er verdutzt fest. Ich hasse solche Gespräche. Als ich gerade mit meiner Verteidigungsrede beginnen will, fängt mein Magen wie aufs Stichwort laut zu knurren an. James zieht eine Augenbraue hoch und sieht mich belustigt an. »Keinen Hunger, ja?« In seinem Tonfall schwingt ein leichter Tadel mit. Er sieht mich so ernst an, dass ich mir ein Lachen nicht verkneifen kann. James versucht seinen ernsthaften Gesichtsausdruck zu behalten, stimmt aber wenige Sekunden später in mein Lachen mit ein. »Ich werde mich nur kurz bei Ava melden, dann frühstücken wir«, sage ich mit einem breiten Grinsen. Irgendwie werde ich schon um das Frühstück herumkommen.

Gemütlich schlendern wir Hand in Hand durch den Park. Obwohl ich am liebsten noch bei James geblieben wäre, habe ich mich entschieden, zu Avas Wohnung zurückzukehren. Ich fühle mich bei James so unsagbar sicher, als ob die letzten acht Jahre meines Lebens nie stattgefunden hätten. Bei diesem Gedanken versteife ich mich innerlich. Soll ich diesem Gefühl wirklich vertrauen? Mein logischer Menschenverstand verbietet es mir entschieden. Die Trennung von Brian ist noch ganz frisch und nur weil ich gerade ohne Probleme durch den Park laufe, heißt es nicht, dass mit mir auf wundersame Weise alles in Ordnung ist. Ich bin nach wie vor der Meinung, dass ich James auf langfristig nicht guttun werde. Abgesehen davon, wird er es nicht lange mit mir aushalten. Meine Gefühle für ihn sind jetzt schon so tief, dass ich nicht einschätzen kann, was es in mir auslöst, wenn er plötzlich verschwindet. Bei diesem Gedanken fangen meine Beine zu zittern an und schlagartig beginnt sich alles in meinem Kopf zu drehen.

»Was ist los Marissa?« James bleibt besorgt stehen. »Ich weiß es nicht, ich muss mich einen Augenblick setzen«, sage ich mit bebender Stimme. James legt seinen Arm um mich und führt mich langsam zu einer naheliegenden Bank.
»Was ist mit dir?«, fragt er besorgt. Angespannt nehme ich einen tiefen Atemzug und beschließe, ihm wahrheitsgemäß zu antworten. »Ich mache mir Sorgen, dass das mit uns ein Fehler sein könnte«, flüstere ich und blicke zu Boden. »Wie kommst du jetzt darauf?«, ruft er ungläubig aus. Was soll ich darauf entgegnen, wenn er das Offensichtliche scheinbar nicht sehen will? Das Letzte, was ich will ist, dass er mich durch meine Augen sieht. Nur wie kann er etwas in mir sehen, was ich in Wirklichkeit gar nicht bin? Schweigsam betrachte ich weiter meine Füße. James geht vor mir in die Hocke und platziert seine Hände auf meinen Oberschenkeln. Dann atmet er einmal schwer durch die Nase aus und sucht meinen Blick, den ich nur zögernd erwidere.
»Sag es mir«, fordert er mich mit strenger Stimme auf.
»Ich kenne dich gerade mal gefühlte fünfzehn Minuten James. Trotzdem weckst du Gefühle in mir, die ich gar nicht für existent gehalten habe. Es macht mir einfach Angst, wie...«, ich runzle die Stirn und suche nach dem richtigen Wort. »Wie stark das ist?«, beendet er meinen Satz.

Erschöpft lehne ich meinen Kopf an seinen und nicke kaum merklich. »Wir sind uns einfach zum richtigen Zeitpunkt begegnet, Marissa. Hör auf, ständig alles in Frage zu stellen, du verrücktes, hübsches Mädchen«, sagt er leise und streicht mir übers Haar. Er setzt sich neben mich auf die Bank und zieht mich unvermittelt auf seinen Schoß. Verträumt streiche ich mit meiner Nase gemächlich an seinem Hals entlang und schließe meine Augen. Eine ganze Weile streicht er mir sanft über den Rücken. Ich könnte ewig hier mit ihm verweilen, möchte aber nicht riskieren, dass Ava sich Sorgen macht, für den Fall, dass sie schon zuhause ist. Träge stehe ich auf und ziehe James mit einem leichten Ruck von der Bank. »Na los, gehen wir weiter«, beschließe ich und schenke ihm ein kleines Lächeln.

Als er vor mir steht, stelle ich mich auf die Zehenspitzen, um ihn einen zarten Kuss auf die Lippen zu hauchen. Als wir erneut durch den Park schlendern, schaue ich verliebt zu James auf, der meinen Blick liebevoll grinsend erwidert.

Seit Ewigkeiten war ich nicht mehr so glücklich wie in diesem Moment. Ich danke dem Himmel, dass ich ihm begegnen durfte.

Als wir in die „Pearlstreet" einbiegen, zieht sofort ein Mann, der vor Avas Haus steht, meine Aufmerksamkeit auf sich. Er macht den Eindruck, als würde er auf etwas warten. Als wir ihm einige Schritte näherkommen, bleibe ich erschrocken stehen. Der griesgrämig blickende Mann ist Brian. Panisch ziehe ich James am Arm und lege hastig den Rückwärtsgang ein. »Da steht Brian, gleich vor Avas Haus!«, flüstere ich, nachdem wir außer Sichtweite sind. James sieht mich eine Weile ausdruckslos an. »Ich begleite dich nach oben.« Entsetzt starre ich ihn an. »Nein, auf keinen Fall. Ich will nicht auf Brian treffen oder gar mit ihm sprechen müssen.«

Meine Stimme zittert so sehr, dass sie kaum deutlicher als ein Flüstern ist. »Dann wirst du auch nicht mit ihm reden, Marissa.« Sein Tonfall ist bestimmend. Er greift nach meiner Hand, während wir mit zügigen Schritten auf Avas Haus und damit auch auf Brian zugehen. Mein Herzschlag beschleunigt sich mit jedem weiteren Schritt. Ich fühle mich der Situation völlig ausgeliefert, auch wenn ich weiß, dass James niemals zulassen würde, dass mir etwas geschieht. Als Brian mich wahrnimmt, blickt er ungläubig abwechselnd zu mir und zu James. Dann kommt er mit grimmiger Miene einige Schritte auf uns zu, schlagartig habe ich das Gefühl, dass mein Herz jeden Augenblick vor Erschöpfung stehen bleibt. »Was ist das für ein komischer Typ?«, ruft Brian säuerlich und schenkt James keinerlei Beachtung. Reflexartig versuche ich James meine Hand zu entziehen, um Brian nicht noch mehr zu reizen, doch er lässt mich nicht los. Mittlerweile steht Brian nur noch eine Armeslänge von uns entfernt und funkelt mich zornig an. Bewegungsunfähig starre ich auf seine hervortretende Ader, die sich immer dann sichtbar auf seiner Stirn abzeichnet, wenn er kurz vorm Explodieren ist. Da ich keine Anstalten mache ihm zu antworten, geht er einen bedrohlich langsamen Schritt auf mich zu. Sofort stellt sich James schützend vor mich und sieht Brian unbeeindruckt direkt ins Gesicht. Die beiden Männer blicken sich eisig an. James ist ein kleines Stück größer als er, Brian hat kurze, dunkle Haare und ist vom Körperbau eine ganze Ecke schmaler als James. Diese belanglosen Unterschiede sind das Einzige, was ich bewusst wahrnehme. Alles andere in mir scheint in einer Art Schockstarre zu sein. »Lass die Hand meiner Frau los und sieh zu, dass du Land gewinnst, mein Freund.« Brian baut sich vor uns auf. »Marissa hat kein Interesse mit dir zu reden. Lass uns in Ruhe oder wir beide haben gleich ein ernstes Problem.« Trotz der Drohung ist James' Stimme ausgesprochen ruhig und sachlich. Aber die Art, wie er meine Hand drückt, lässt erahnen, wie es in ihm brodelt. Brian grinst ihn missbilligend an. »Wie wäre es, wenn sie mir das selber sagt, du Stück Scheiße?«, fragt er provokant. »Verschwinde!«, zischt James und lässt meine Hand los. Wie gelähmt stehe ich hinter James und bin unfähig, irgendetwas zu tun. Plötzlich stößt Brian James so heftig gegen den Brustkorb, dass er unfreiwillig einen Schritt zurückweicht. Mit entsetztem Blick und angehaltenem Atem beobachte ich dieses Szenario. In James' Augen zeichnet sich blanke Wut ab. Blitzschnell stürmt er auf Brian zu, packt ihm am Kragen und treibt ihn so weit vor sich her, bis Brian mit dem Rücken gegen Avas Haustür knallt. »Verpiss dich lieber!«, droht James.

»Nimm deine Pfoten weg, du Penner«, faucht Brian zurück und versucht James von sich wegzudrücken. »Sonst was?«, fragt James provozierend und schnaubt missbilligend aus. Irgendwie gelingt es Brian, sich aus James' Griff zu befreien und schlägt ihm mit voller Kraft ins Gesicht. James greift sich an die Nase und taumelt zwei Schritte zurück. Als Brian, bereit für den nächsten Angriff, auf James zustürmt, packt dieser Brian und rammt ihm sein Knie direkt zwischen die Beine. Schmerzverzerrt krümmt er sich, doch James gönnt ihm keine zweite Gelegenheit sich angreifen zu lassen. Er packt ihm ins Genick, schleift ihn zurück zur Straße und stößt Brian heftig zu Boden. »Halte dich gefälligst von uns fern. Das nächste Mal kommst du nicht so glimpflich davon!« In James' Stimme ist nichts außer tiefer Verachtung zu hören. Er kommt auf mich zu und ergreift meine Hand. »Komm, wir verschwinden von hier.« Steifbeinig laufe ich neben ihm her. Mit zitternden Fingern krame ich in meiner Jackentasche nach dem Schlüssel und werfe einen unruhigen Blick über meine Schulter. Von Brian ist nichts zu sehen. Erleichtert drehe ich den Schlüssel im Schloss herum, als Brian sich wie aus dem Nichts an mich heranpirscht. Er reißt mich so heftig von James weg, dass ich schmerzhaft auf dem Po lande. In der Sekunde als James realisiert was Brian getan hat, scheint bei ihm eine Sicherung durchzubrennen. Hasserfüllt schlägt er ihm mehrfach mit der Faust ins Gesicht, woraufhin Brian zu Boden geht. James stürzt sich auf ihn und schlägt wie von Sinnen auf ihn ein. Ungläubig halte ich mir die Hände vor das Gesicht und linse an meinen Fingern vorbei. Nachdem ich mich allmählich aus meiner Schockstarre befreit habe, stehe ich auf und versuche, dass James von Brian ablässt. »James, verdammt, hör auf damit!«, krächze ich. Es scheint, als würde er mich gar nicht wahrnehmen. Mit aller Kraft ziehe ich ihm an seiner Schulter, doch ohne Erfolg. »James, bitte.« Zornig sieht er zu mir hoch, doch als er mir in die Augen sieht, ist seine Wut unversehens erloschen. Ich strecke meine Hand nach ihm aus, doch er rauscht haareraufend an mir vorbei. Mit eiligen Schritten gehe ich ihm hinterher und schaue noch einmal zurück zu Brian, der sich langsam aufrafft. Er sieht übel zugerichtet aus. Hektisch hebe ich den Schlüssel auf, der mir beim Sturz auf den Boden gefallen ist, öffne die Tür und überlasse James den Vortritt. Als ich einen letzten Blick zurück auf die Straße werfe, ist Brian verschwunden.

Ich sehe mich kurz in Avas Wohnung um und stelle erleichtert fest, dass sie noch nicht zuhause ist. »Ava?«, rufe ich, nur um ganz sicher zu gehen, dass wir allein sind. Keine Antwort. Ich schaue zu James, der irgendwie verloren aussieht, wie er dort im Flur steht. Beim genaueren betrachten sehe ich, dass seine Lippe blutet. Entgeistert gehe ich auf ihn zu, um mir seine Wunde sorgfältiger anzusehen. Mitfühlend wische ich ihm mit meinem Daumen einen Blutstropfen von der Lippe. »Was hast du dir nur dabei gedacht?«, frage ich vorwurfsvoller als beabsichtigt. James sieht mir nicht einmal in die Augen, sondern geht schnurstracks ins Wohnzimmer. »James?« Etwas unbeholfen gehe ich hinter ihm her. Er steht mit dem Rücken zu mir gewandt und schaut aus dem großen Fenster in die Ferne. Ich bleibe ganz dicht hinter ihm stehen und warte auf eine Reaktion. »James?«, frage ich erneut. Endlich dreht er sich zu mir und sieht mich mit ernster Miene an. »Dieser Scheißkerl hat dir weh getan, schon wieder. Niemand tut einem Menschen weh den ich liebe, schon gar nicht, während ich dabei bin.« Sein düsterer Tonfall jagt mir einen kalten Schauder über den Rücken. Was meint er damit? Unwillkürlich lasse ich die letzten fünfzehn Minuten revuè passieren und merke, wie mir Tränen in die Augen steigen. Als James dieses bemerkt, schlingt er seine Arme um mich. »Ich hatte ganz schön Angst um dich«, gebe ich schniefend zu. *Genug Marissa, reiß dich endlich zusammen,* ermahne ich mich selbst. Ich straffe meine spitzen Schultern und trete einen Schritt zurück, um ihm besser in die Augen sehen zu können. »Es ist alles in Ordnung«, flüstert er beruhigend und wischt mir eine Träne aus dem Gesicht. Doch schlagartig verändert sich seine Haltung, er wirkt kühl und distanziert, irgendwie fremd. »Ich denke, ich werde jetzt gehen«, beschließt er und verlässt eilig den Raum.

»Warte, bitte!« Verwirrt hetze ich hinter ihm her und halte ihm am Arm fest. Augenblicklich bleibt er stehen und rührt sich keinen einzigen Millimeter mehr. Ich stelle mich vor ihm und sehe ihn an, nach wie vor bleibt er völlig unbewegt. »Was ist los James? Möchtest du gehen, weil dir klar geworden ist, dass ich nur Ärger bedeute? Ich kann es dir nicht mal verdenken. Du bist gut und anständig und ich bin eine Vollkatastrophe...« Mitten im Satz unterbricht er mich durch ein abfälliges Schnauben. »Anständig ja? Ich habe noch nie etwas Gutes in meinem Leben zustande gebracht, Marissa. Du hast nicht die leiseste Ahnung, wen du vor dir hast.« Ungläubig sehe ich ihn an. In seiner sonst ausdruckslosen Miene zeichnet sich nur eine Gefühlsregung ab, es ist eindeutig Schmerz. »Was soll das bedeuten?«, frage ich durcheinander. Sein Gesichtsausdruck wirkt so gequält, dass ich am liebsten sofort meine Arme um ihn schließen würde. Er wendet sich von mir ab und stapft aufgebracht wieder zurück ins Wohnzimmer. »Sag mir endlich, was los ist!«, fordere ich ihn auf, doch er reagiert nicht. Mit einem Mal wird mir bewusst, was ich angerichtet habe. James war bis vor einigen Tagen noch ein normaler und zufriedener Mann, bis *ich* in sein Leben getreten bin. Während er mir so viel gegeben hat, Hoffnung, Selbstvertrauen und *Liebe*, mache ich sein Leben im Gegenzug nur komplizierter. Ich hasse mich beinahe so sehr wie ich ihn liebe. Niedergeschlagen von dieser Erkenntnis balle ich meine Hände zu

Fäusten. Dass das mit James und mir keine Zukunft haben kann, war mir von Anfang an schmerzlich bewusst. Ihn aus purem Egoismus an meiner Seite zu halten ist nicht richtig, ich muss es beenden. »Geh«, ist das einzige Wort, das ich herausbekomme. Erst jetzt dreht er sich verwundert zu mir und sieht mich fragend an. Mit voller Aufmerksamkeit mustere ich diesen wunderschönen Mann noch ein letztes Mal.
Obwohl seine Unterlippe noch immer blutet und seine dunkelblonden Haare zerzauster als üblich sind, ist er unglaublich attraktiv. Wenn ich ihn noch eine Sekunde länger ansehe, werde ich nicht die Kraft aufbringen können, ihn gehen zu lassen. Langsam senke ich meinen Blick und halte angespannt den Atem an. James stellt sich vor mich und hebt mein Kinn sanft an. »Sieh mich an«, fordert er mich auf. Ich blicke in sein besorgtes, makelloses Gesicht.
»Wieso soll ich gehen?«, fragt er mit gerunzelter Stirn. Ich ringe mit mir, ich will doch gar nicht, dass er geht.
»Ich tue dir nicht gut James. Überall wo ich auftauche, hinterlasse ich nur Chaos. Ich werde dich nicht auch noch in den Abgrund ziehen.« Meine Stimme bricht, aber ich fange nicht zu weinen an. *Gut Marissa, bleib stark, gleich hast du es geschafft.* Ekstatisch schlingt er mir seine Hände ums Gesicht und sieht mir eindringlich in die Augen.

»Ich liebe dich, Marissa. Du denkst, *du* bringst Chaos in mein Leben? Du hast nicht den Hauch einer Ahnung, was für ein Mensch ich bin.« Er legt seine Stirn an meine, seine Verzweiflung ist beinahe mit den Händen greifbar.

»Dann sag es mir«, flüstere ich. »Sag mir, was du angeblich so schlimmes getan hast.« Nach einem tiefen Atemzug lässt er von mir ab und entfernt sich erneut von mir. Nun steht er wieder mit dem Rücken zu mir gewandt. Ich warte geschlagene fünf Minuten, doch James sagt weder etwas, noch rührt er sich. Derweil hat sich seine Körperhaltung ein wenig verändert. Durch die Art wie er seine Schultern hängen lässt, gewinne ich den Eindruck, dass er traurig zu sein scheint. Zögernd schleiche ich um ihn herum, bis ich so dicht vor ihm stehe, wie es mir möglich ist. Resigniert schaut er auf mich herab. Ich lehne vorsichtig meinen Kopf an seine Brust und seufze auf. Da er nach wie vor gänzlich unbewegt stehen bleibt, schaue ich ihm ermutigend in die Augen. »Sag es mir James!« Meine Stimme ist nur ein Flüstern. Im Bruchteil einer Sekunde zeichnen sich in seinem Blick unzählige Gefühlsregungen ab. Schmerz, Trauer, Verzweiflung... Wut? Dann wird sein Gesichtsausdruck wieder hart. »Ich habe einen Mann getötet«, sagt er und blickt mir direkt in die Augen. Entgeistert schnappe ich nach Luft. In meinem Kopf beginnt sich alles zu drehen.

Wie erstarrt taumle ich zur Couch und versuche meine Fassung wiederzuerlangen. James geht im Wohnzimmer nervös auf und ab. Die Stille um uns herum ist unerträglich. »James, bitte setz dich doch zu mir.« Er bleibt kurz stehen, sieht mich zögerlich an und schüttelt den Kopf. »Bitte?« Ich schenke ihm ein trauriges Lächeln. Nachdenklich sieht er mich einen Augenblick an und beschließt, zu meiner Erleichterung, neben mir Platz zu nehmen. Intuitiv greife ich nach seiner Hand und rücke ein Stück näher an ihn heran. Unsere Beine berühren sich, sodass ich die Wärme seiner Haut durch seine Jeans spüre. Verstohlen sehe ich ihn aus dem Augenwinkel an und muss heftig schlucken, plötzlich ist mir eiskalt. »Wen hast du umgebracht?«, frage ich in die erdrückende Stille hinein. Es fühlt sich völlig surreal an, jemandem so eine Frage zu stellen. Er entzieht sich meiner Hand und fährt sich verzweifelt durch die Haare. »Ich muss hier raus!«, sagt er mit erstickter Stimme und geht Richtung Tür. »Zieh dir etwas Warmes an, ich hole dich in einer viertel Stunde ab.« Mit diesen Worten zieht er die Tür hinter sich zu und lässt mich verwundert, mit meinen sich überschlagenden Gedanken, zurück.

Ich schnappe mir mein Handy und schicke Ava eine kurze SMS.
»**Ich bin bei James, mir geht es gut. Hab dich lieb**«
Dann ziehe ich mir ein frisches Top und meinen weißen Wollpullover über und husche ins Bad, um mir die Haare zu kämmen. James hat jemanden umgebracht, er hat jemanden getötet! Wen? Und vor allem *warum?* Sollte mir das nicht eigentlich Angst einjagen? Gedankenverloren schüttle ich den Kopf. Ich liebe James, ich könnte niemals Angst vor ihm haben. Als ich mir gerade Avas olivgrünen Parka schnappe, klingelt es. »Hallo?«, sage ich argwöhnisch in die Sprechanlage. »Ich hoffe, du bist warm eingepackt«, ertönt es am anderen Ende der Gegensprechanlage. Obwohl ich James vertraut habe, dass er wiederkommt, stelle ich fest, wie erleichtert ich bin seine Stimme zu hören. »Ja, bin gleich unten.« Angespannt ziehe ich die Tür hinter mir zu und gehe mit vertraut raschem Herzschlag die Stufen herunter. James steht neben seinem Motorrad und schaut abwesend auf den Boden. Ich betrachte ihn eine ganze Weile bevor er mich wahrnimmt und stelle fest, dass sich

für mich nichts geändert hat. Ganz gleich was er getan hat, nichts könnte meine Gefühle für ihn ändern oder schmälern. »Komm, steig auf!« Er reicht mir seinen Helm. Ohne weiter nachzudenken setze ich mich hinter ihn und schlinge meine Arme um seinen Bauch. »Wo fahren wir hin?«, rufe ich extra laut, damit er mich durch den Helm versteht.

»Traust du dir eine zwanzig Minuten Fahrt zu?«, fragt er hoffnungsvoll und wendet sich mir zu. Üblicherweise würde mir allein der Gedanke an so eine Strecke eine riesige Angst einjagen, doch innerlich fühle ich mich wie betäubt. Dazu kommt, dass ich mich bei James unglaublich sicher fühle, so als könnte mir nichts etwas anhaben. »Ja«, antworte ich knapp. Er nickt und fährt los.

Da ich so in meine Gedanken versunken war, bin ich überrascht, als James das Motorrad zum Stehen bringt. Die Fahrt kam mir nur von kurzer Dauer vor, längst nicht wie zwanzig Minuten. Ich kenne diesen Stadtteil nicht, aber es ist wunderschön und sehr idyllisch hier. Wir sind mitten im Nirgendwo, um uns herum ist nichts weiter als wildgewachsene Wiese, ein Steg aus Eichenholz und ein klarer, blauer See. Nachdem ich James meinen Helm überreicht habe und er das Motorrad sicher abgestellt hat, nimmt er schweigsam meine Hand. Wir überqueren die große Wiese ohne Hast und gehen bis zum Ende des Stegs. James setzt sich und ich tue es ihm nach. Nachdenklich lässt er seinen Blick über das Wasser schweifen. »Willst du mir nun erzählen, was passiert ist?«, flüstere ich und sehe ihn erwartungsvoll an. Der gequälte Gesichtsausdruck von vorhin tritt erneut auf seinem makellosen Gesicht hervor. Er sieht einen kurzen Augenblick zu mir herüber, dann wendet er seinen Blick wieder ab. Nun ist sein Gesicht wieder ausdruckslos. »Mein Dad war ein grausamer Mensch«, fängt er zu erzählen an, seine Stimme ist kaum lauter als ein Flüstern. Ich sitze ganz still neben ihm und höre angespannt zu. »Seitdem ich sieben Jahre alt war, sind meine Mom und ich ständig umgezogen. Damals habe ich nicht verstanden, wieso wir nie länger am selben Ort blieben, doch als ich älter wurde realisierte ich allmählich, dass meine Mom vor etwas davonlief.

Ich akzeptierte widerwillig, dass ich keine dauerhaften Freundschaften, geschweige denn Beziehungen eingehen konnte. Denn sobald wir uns sicher fühlten, tauchte *er* wieder auf und wir zogen weiter. Meine Mom wurde mit den Jahren mehr und mehr zu einer leeren Hülle, er hat jede Lebensfreude aus ihr herausgesaugt. Bis vor einigen Monaten habe ich bei ihr gewohnt und mich um sie gekümmert. Ich wollte, dass sie sich sicher fühlt. Zu diesem Zeitpunkt hatten wir zwei Jahre nichts mehr von ihm gehört, deshalb habe ich sie überzeugt, hier zu bleiben.« Er macht eine kurze Pause und deutet zu den Häusern am anderen Ende des Wassers. »Dort haben wir gewohnt.« James sieht mich so traurig an, dass ich das Gefühl habe, mein Herz würde in tausend Einzelteile zerbrechen. »Was ist dann passiert?«, frage ich gespannt und wende meinen Blick von ihm ab. Da er eine ganze Weile nichts sagt, blinzle ich zu ihm hoch, sein Blick ist wieder starr auf den See gerichtet. »Meine Mom hatte einen Job und einige Freundinnen gefunden. In diesen zwei Jahren blühte sie regelrecht auf.« Bei dieser Erinnerung huscht ein flüchtiges Lächeln über sein Gesicht. »Doch eines Tages sah ich wieder diese Angst in ihren Augen und ich wusste, dass es von vorne losging.« Er ballt seine Hände zu Fäusten. »Nur diesmal war ich kein kleiner, hilfloser Junge mehr. Ich wollte meine Mom beschützen und ihr die Sicherheit bieten, die sie mir schon mein ganzes Leben entgegengebracht hat. Ich war immer da, habe sie von der Arbeit abgeholt und alltägliche Dinge für sie erledigt. Doch eines späten Nachmittags, es dämmerte schon, kam ich mit den Einkäufen nach Hause und hörte Geschrei aus dem Haus.« Er schließt die Augen und spannt seinen Unterkiefer an. »Ich hetzte sofort ins Schlafzimmer und plötzlich sah ich ihn, meinen *Vater*.« Er spricht das Wort »*Vater*« voller Abscheu aus. »In dem Moment, als ich das Zimmer betrat, schlug er meiner Mom so heftig ins Gesicht, dass sie mit dem Kopf gegen die Fensterbank stieß und daraufhin blutend zusammenklappte.«

Als ich James betroffen ansehe bemerke ich, dass er Tränen in den Augen hat, die er vergeblich zu unterdrücken versucht. Mitfühlend nehme ich seine Hand und sehe ihn schmerzerfüllt an. Er erwidert meinen Blick und spricht weiter, fest entschlossen, sich seine Verzweiflung nicht anmerken zu lassen. »Als ich meine Mom dort liegen sah, dachte ich, sie wäre tot.« Seine Stimme bricht. »All die Wut, die ich stets in mir hatte, der Gedanke daran, wie meine Mom sich nächtelang in den Schlaf weinte und die ständige Angst, die sie seinetwegen ertragen musste, kamen auf einen Schlag in mir hoch. Während er mich mit seinen toten Augen anstarrte, sah ich nichts als blanken Hass in seinem Blick. Als er dann auf mich zustürmte, habe ich Rot gesehen! Reflexartig griff ich nach einem Gürtel der auf der Kommode lag, stürzte mich auf ihn und habe den Gürtel so fest um seinen Hals gedrückt, wie ich nur konnte. Irgendwann ist er dann in sich zusammengesackt und da wusste ich, dass es vorbei war.« James' Blick ruht noch immer auf mir. Ich sehe zu Boden und versuche, die ganzen Informationen zu verarbeiten. »Ich bin kein guter Mensch, Marissa«, sagt er fest überzeugt. Intuitiv rutsche ich näher zu ihm und lehne meinen Kopf an seine Schulter. »Du hast nur versucht, deine Mom zu beschützen«, verteidige ich ihn instinktiv. Er lächelt mich traurig an. Eine Weile sitzen wir schweigend am Steg und beobachten die kleinen Wellen, die sich auf der Wasseroberfläche bilden. Ich versuche herauszufinden, was ich von der ganzen Sache halten soll. Er ist kein schlechter Mensch, allein der Gedanke, dass er sich so sieht, versetzt mir einen Stich. Es ist schwer vorstellbar, was er durchgemacht hat und mit was für einer Schuld er leben muss. Als es langsam zu dämmern anfängt, greift James nach meiner Hand und steht auf. »Sollen wir von hier verschwinden?« Zustimmend nicke ich ihm zu.

Nachdem James sein Motorrad vor seinem Apartment geparkt hat, übergebe ich ihm seinen Helm und starre unbehaglich auf meine Füße. Ich weiß nicht, wie ich mich ihm gegenüber verhalten soll, obwohl sich für mich nichts geändert hat. Er ist *mein* James, alles was ich will, ist mit ihm zusammen sein. »Alles okay?«, fragt er argwöhnisch und hebt mein Kinn etwas an. In seinem Blick erkenne ich, dass er verunsichert zu sein scheint. Statt einer Antwort küsse ich ihn, zu seiner sichtlichen Verwunderung, direkt auf den Mund. Liebevoll streicht er mir über die Wange. »Ich würde mir gern noch ein wenig die Beine vertreten. Das Wetter ist so herrlich«, sage ich und schaue in den wolkenlosen Himmel. James legt seinen Arm um meine Taille, während wir schweigsam nebeneinander hergehen. Völlig unerwartet baut sich in meinen Ohren ein unangenehmer Druck auf und mir wird augenblicklich schwarz vor Augen. Sofort klammere ich mich verzweifelt an James fest, doch noch bevor ich weiß wie mir geschieht, sacke ich einfach in mich zusammen. Wie James besorgt meinen Namen sagt, ist das Letzte, das ich wahrnehme, bevor mich die Dunkelheit übermannt.

Als ich angestrengt meine Augen öffne, weiß ich im ersten Moment nicht, wo ich bin. Schleppend setze ich mich auf und stelle beruhigt fest, dass ich mich in James' Apartment befinde. Doch von ihm ist nichts zu sehen und es ist beängstigend still hier. Etwas unbeholfen rutsche ich auf der Couch umher. Wo ist er? »James?«, rufe ich verwirrt. Sofort erscheint er im Türrahmen, er sieht erleichtert aus.

»Ich bin in einer Sekunde bei dir. Bleib ja auf der Couch sitzen, Marissa!« Sein Befehlston gefällt mir gar nicht, dennoch beschließe ich zu tun, was er sagt. Ungefähr eine Minute später betritt James mit zwei Tellern das Zimmer und stellt sie vorsichtig vor uns auf dem kleinen Tisch ab. Dann setzt er sich zu mir und reicht mir einen Löffel. »Iss«., sagt er bestimmend. Wortlos nehme ich den Löffel entgegen und runzle die Stirn. Ich starre den weißen Teller ausdruckslos an, während der Dampf des Möhreneintopfs in meine Nase dringt. Es riecht wirklich lecker und mein Magen fängt laut zu knurren an. »Ich habe keinen Hunger«, sage ich und schiebe den Teller beiseite. Geräuschvoll lässt James seinen Löffel in die Suppe fallen. »Marissa, du bist vor meinen Augen zusammengeklappt. Wir sind seit fast zwei Tagen ununterbrochen zusammen und ich habe dich nie etwas Essen sehen. Iss!«, sagt er mit zusammengebissenen Zähnen. *Was ist denn bitte mit dem los?*, denke ich trotzig. »Ich habe bereits gegessen, als du vorhin dein Motorrad geholt hast«, lüge ich. Er sieht mir eindringlich in die Augen, woraufhin ich beschämt meinen Blick von ihm abwende. Was wäre eigentlich so schlimm daran, wenn ich etwas essen würde? Er hat sich solche Mühe gemacht und ich habe einen Bärenhunger, was ich aber niemals zugeben würde. James wirkt aufrichtig besorgt und ich will nicht, dass er meinetwegen Kummer hat. *Oder noch mehr Kummer hat.* »Vielleicht könnte ich wirklich etwas Eintopf vertragen«, sage ich schließlich einsichtig. »Braves Mädchen.« Er zieht lächelnd eine Augenbraue hoch und haucht mir zärtlich einen Kuss auf die Stirn. Schüchtern erwidere ich sein Lächeln und beginne widerwillig zu essen.

Nachdem ich, wenn auch etwas unbehaglich, die Hälfte meines Eintopfs gegessen habe, geht es mir um Längen besser. Schläfrig mache ich es mir auf der Couch gemütlich, als mein Handy vibriert. Sofort schaue ich auf das Display, eine SMS von Ava.
»Bleibst du über Nacht bei James? Ich habe DVDs besorgt und wundere mich, wo du steckst. ;) «
Trotz des Zwinkersmileys am Ende ihrer Nachricht, ist Avas Enttäuschung unübersehbar, dafür kenne ich sie einfach zu gut. »Bin in ungefähr einer Stunde bei dir«, tippe ich hastig zurück. James sitzt neben mir und sieht mich fragend an.
»Ava wollte wissen, ob ich heute Nacht bei dir bleibe«, erkläre ich. »Und bleibst du?« Er rückt grinsend an mich heran und drückt mir einen ungezügelten Kuss auf die Lippen. »Nein, ich denke, ich werde Ava heute Abend etwas

Gesellschaft leisten«, sage ich entschuldigend, als ich wieder zu Atem komme. Trotz des sexy Grinsens, welches seine Mundwinkel umspielt, wirkt er ein wenig enttäuscht. »Ich habe dich gern in meiner Nähe«, flüstert er und reibt seine Nase meinen Hals entlang. Mit geschlossenen Augen übersät er meinen Hals mit hauchzarten Küssen, woraufhin ich leise aufstöhne. »Und ich bin gerne bei dir James, aber heute ist Mädelsabend«, sage ich lächelnd und rücke ein wenig von ihm weg, um mich der knisternden Atmosphäre zu entziehen. »Na dann, hoch mit dir.« James steht auf und zieht mich überschwänglich von der Couch. Als ich vor ihm stehe, sieht er mir grinsend in die Augen und lehnt seine Stirn an meine. Er ist so ungemein sexy, dass es mir schwer fällt von ihm abzulassen, aber ich möchte Ava nicht warten lassen. Flüchtig drücke ich ihm einen keuschen Kuss auf den Mund und löse mich von ihm, um mich anzuziehen. Seufzend tut er es mir nach.

Es ist bereits eine Stunde vor Mitternacht, als wir vor Avas Wohnung ankommen. »Danke für die Begleitung«, sage ich schüchtern und lächle ihn an. James zieht mich in seine Arme, bereitwillig lehne ich meinen Kopf an seine Brust und atme seinen unwiderstehlichen Duft ein. Eine scheinbare

Ewigkeit stehen wir so da, ich fühle mich unglaublich geborgen bei ihm. »Ich sollte langsam reingehen«, sage ich zögernd. Er streicht mir sanft über die Wange und küsst mich zärtlich. Mit schwerem Atem löse ich mich von ihm. Wie kann man nur so unverschämt attraktiv sein?

»Gute Nacht«, sagt er grinsend, doch er macht keine Anstalten zu gehen. »Gute Nacht«, erwidere ich lächelnd wie ein verknallter Teenager. »Ich rufe dich morgen an«, verspricht er und lässt von mir ab, damit ich die Tür öffnen kann. »Bis morgen.« Ich hebe zur Verabschiedung kurz die Hand und gehe herein. Als James sieht wie die Tür ins Schloss fällt, dreht er sich herum und geht.

Leise öffne ich die Wohnungstür. Ava kommt ausgelassen auf mich zu und umarmt mich freudig. »Da bist du ja endlich«, ruft sie leicht vorwurfsvoll aus. »Jetzt wohnen wir sogar zusammen und ich bekomme dich trotzdem kaum zu Gesicht.« Übertrieben dramatisch stemmt sie ihre Hände in die Hüfte. »Ja, tut mir sehr leid«, sage ich und versuche, ein Grinsen zu unterdrücken. »Irgendwie siehst du fertig aus«, stellt sie ein wenig besorgt fest und legt die Stirn in Falten. »Es war eine lange Nacht und ein langer Tag«, bemerke ich nachdenklich. »Oh, verstehe.« Schelmisch zwinkert sie mir zu. Lächelnd rolle ich mit den Augen und muss kichern. »Nicht, was du wieder denkst«, lache ich.

Entschuldigend hebt sie die Hände und grinst zurück.

»Okay, okay. Komm schon rein, bevor der Sekt warm wird.« Ihr Grinsen ist anstackend.

Erschöpft lasse ich mich auf der Couch nieder und seufze theatralisch. Ava reicht mir ein Glas Sekt und schaut mich aufgeregt an. »Erzähl! Was ist mit diesem James und dir? Seid ihr jetzt richtig zusammen? Ist es etwas Ernstes?« Die Fragen sprudeln nur so aus ihr heraus. Da ich schon seit Ewigkeiten keinen Alkohol mehr getrunken habe, nippe ich nur kurz an dem Sekt, ehe ich antworte. »Keine Ahnung, ob wir *richtig* zusammen sind«, sage ich achselzuckend. Unwillkürlich rufe ich mir die letzte Nacht ins Gedächtnis und werde prompt knallrot. Unruhig zupfe ich an einer meiner Haarsträhnen. Wieso ist mir das so peinlich? Normalerweise rede ich mit Ava über alles, aber jetzt gerade ist mir ihre Neugier irgendwie unangenehm. Verlegen rutsche ich auf meinem Platz hin und her. »Marissa, so kenne ich dich ja gar nicht. Was ist denn los?« Betrübt sehe ich sie an. »Ich befürchte, ich habe mich total in ihn verliebt.« Niedergeschlagen senke ich meinen Blick.

»Ja, das ist kaum zu übersehen. Was ist so schlimm daran?« Ava sieht mich an, als käme ich von einem anderen Planeten. »Ernsthaft?« Sarkastisch schnaube ich aus.

»Nur weil ich ein paar Tage mal nicht komplett fertig war, wenn ich das Haus verlassen wollte, heißt das nicht, dass ich über den Berg bin. Das mit uns wird niemals funktionieren, ich meine, was für ein Leben hätte James mit mir?« Meine Stimmlage wird mit jedem Wort immer lauter und verzweifelter. »Das tue ich ihm nicht an Ava, ich kann nicht. Sieh nur, was ich aus Brian gemacht habe.« Deprimiert schlage ich mir die Hände vor das Gesicht. »Marissa!«, ruft Ava empört aus. Ihre schrille Stimmlage lässt mich kurz zusammenzucken. »Reicht es dir nicht langsam? Ich *verstehe* durchaus wieso du solche wahnsinnig doofen Schlussfolgerungen ziehst, aber was Brian dir angetan hat, war doch nicht deine Schuld!« Sie wirft mir einen strengen Blick zu, den ich resigniert erwidere. »Ja ich weiß, hier.« Ich deute auf meine Schläfe. »Aber hier drin sieht es nun mal ganz anders aus«, flüstere ich und lege meine rechte Hand auf mein Herz. »Ach Süße.« Ava legt einen Arm um mich. Ich unterdrücke den verzweifelten Wunsch, einfach, wie so oft in letzter Zeit, loszuweinen. »Brian hat versucht, mich hier abzufangen«, sage ich, um das Thema zu wechseln.

»Was?« Ava sieht mich mit großen Augen an.

»Die Männer hatten eine handfeste Auseinandersetzung«, füge ich kleinlaut hinzu. »Und das erzählst du mir so beiläufig?« Sie kann ihr Entsetzen kaum verbergen. Detailliert erzähle ich ihr, was passiert ist, auch wie sehr mich James' Verhalten durcheinandergebracht hat. Ava schnaubt abfällig aus. »Wurde auch mal Zeit, dass man Brian in seine Schranken weist.« Wie aufs Stichwort vibriert mein Handy. Eine SMS von Brian. *»ES IST NOCH NICHT VORBEI«*

Diese fünf Wörter jagen mir einen kalten Schauder den Rücken herunter. Wortlos halte ich Ava das Display unter die Nase. »So ein elendes Schwein!«, schimpft sie. Schlagartig fühle ich mich unglaublich müde, beinahe wie betäubt. Ich rolle mich in der hintersten Ecke der geräumigen Couch zusammen und umschlinge meine Knie.

»Lass dir von diesem Mistkerl bloß keine Angst machen. Er will wieder die Kontrolle über dich erlangen, das darfst du nicht zulassen«, sagt Ava, sichtlich um Beherrschung bemüht. Sie verlässt kurz das Zimmer, holt eine bunt gemusterte Fleecedecke, legt eine DVD ein und legt sich neben mich. »Das wird dich ein wenig ablenken«, sagt sie aufbauend und streicht mir über die Schultern. Ich nehme das Gerede und Gelächter aus dem Fernseher kaum wahr.

Meine Gedanken überschlagen sich regelrecht. Wie kann der Mann, der mich angeblich mal so sehr geliebt hat, so grausam sein? Wieso lässt er mich nicht einfach in Ruhe? Er sagte mehr als einmal, dass ich eine Last bin, dass er froh wäre, wenn ich endlich verschwinde. Ich falle in einen unruhigen Schlaf.

Kapitel 9

»Marissa bist du wach?« Verschlafen blinzle ich zu Ava hoch, die vollständig für die Arbeit bekleidet, geschminkt und frisiert vor mir steht. Verblüfft stelle ich fest, dass es schon hell ist. »Wie spät ist es?«, frage ich und reibe mir die Augen. »08.15 Uhr, ich bin spät dran. In der Küche ist Tee, allerdings solltest du auch mal etwas essen.« Sie wirft mir einen mahnenden Blick zu. »Ich habe gestern schon bei James gegessen«, erwidere ich mürrisch. Sie zieht eine perfekt gezupfte Augenbraue hoch und schüttelt halb verärgert und halb belustigt den Kopf. »Jedenfalls bin ich erst gegen Abend wieder zurück, ich habe heute viel zu tun. Du kannst mich, wie immer, jederzeit auf dem Handy erreichen. Und du darfst dich gern an meinem Kleiderschrank bedienen.« Sie zwinkert mir zu, nimmt eilig ihre Handtasche und winkt mir zur Verabschiedung kurz zu.

Träge räkle ich mich und beschließe aufzustehen. Da ich nichts mit mir anzufangen weiß, schlurfe ich in die Küche und sehe mich gelangweilt um. Lustlos nehme ich mir einen Apfel aus der Obstschale und zerteile ihn in zwei Hälften. Danach mache ich mir eine Tasse Kräutertee und lasse den Apfel unberührt liegen. Gezielt gehe ich ins Schlafzimmer und öffne Avas gigantischen Buchenholz-Kleiderschrank.

Sie besitzt ausschließlich hochwertige Sachen, alle ganz nach meinem Geschmack. Zu gerne würde ich ihr Angebot annehmen und mich nach Herzenslust an ihren Kleidungsstücken vergreifen. Doch ich erkenne auf den ersten Blick, dass ihre Sachen mindestens eine Kleidernummer größer sind als meine. Ich streiche gedankenverloren über meinen flachen Bauch und lächle selbstzufrieden. *Wenigstens etwas, das ich beherrsche, auch wenn ich sonst nichts auf die Reihe bekomme, denke ich zynisch.* Gelangweilt beschließe ich, ein langes Bad zu nehmen und mir währenddessen darüber klar zu werden, was ich mit diesem Tag anfangen soll. Als ich bekleidet und mit einem um die Haare gewickelten Handtuch aus dem Bad komme, werfe ich aus Gewohnheit einen Blick auf mein Handy. Vier verpasste Anrufe! Mein Herzschlag beschleunigt sich. Drei sind von Brian, einer ist von James. Warum hat Brian mich wieder kontaktiert? Wieso lässt er mich nicht endlich in Ruhe? Frustriert setze ich mich an den Küchentisch und nippe an meinem inzwischen abgekühlten Tee, als es plötzlich an der Tür klingelt. Erschrocken schleiche ich zur Wohnungstür und lausche gespannt. Im Hausflur ist es absolut still. Es klingelt erneut, drei Mal hintereinander. Das ist bestimmt Brian! Er weiß, dass ich hier bin und dass Ava vermutlich bei der

Arbeit ist. Mit einem Mal wird mir speiübel und meine Beine fühlen sich schlagartig wie Wackelpudding an.

Beruhige dich Marissa, ermahne ich mich selbst. Ich hetze zu dem Parka, den ich gestern anhatte, akribisch darauf bedacht, nicht über meine eigenen Füße zu fallen und hole mit zitternden Händen den Schlüssel aus der Tasche. Als ich meine nervösen Finger halbwegs unter Kontrolle gebracht habe, verschließe ich die Tür und setze mich davor. Es klingelt erneut, wieder und wieder. Soll ich Ava anrufen? Nur was soll ich ihr sagen? Jemand ist unten und schellt, bitte rette mich? Bei diesem Gedanken verdrehe ich die Augen und muss bitter lächeln. Ich bin so ein Angsthase. Unverhofft höre ich Schritte im Flur und mache mich automatisch ganz steif. Im gleichen Augenblick meldet sich mein Handy. Zügig haste ich ins Wohnzimmer und gehe, ohne auf das Display zu schauen, atemlos ran. »Hallo?«, flüstere ich.

»Marissa, was ist los?« Ich erkenne sofort die Besorgnis in James' Stimme. Es klopft, jemand steht direkt an der Tür. *Scheiße, er ist hier!* Ich höre meinen eigenen Herzschlag so laut in den Ohren pulsieren, dass ich das Gefühl habe, mein Brustkorb müsste jeden Augenblick explodieren.

»Marissa?«, fragt James erneut.

»Ich glaube Brian ist hier«, sage ich so leise, dass ich mich selbst kaum verstehe. Ich höre James grimmig ausatmen. »Rühr dich nicht, ich bin unterwegs.« Im Hintergrund höre ich, wie er eilig die Stufen hinunter hastet. Ich erwidere nichts, meine Aufmerksamkeit ist starr auf die Tür gerichtet. »Marissa, hast du verstanden?«, erkundigt er sich.

»Ja, ja, alles verstanden«, flüstere ich angestrengt durch meine zusammengebissenen Zähne. Dann legt er auf.

Einige Minuten später ruft James erneut an. »Ich bin jetzt hier, du kannst aufmachen.« Sofort betätige ich den kleinen Knopf an der Gegensprechanlage und höre von unten ein leises Summen, als sich die Tür öffnet. Wenige Sekunden später klopft es. »Ich bin es, lass mich rein.« Unruhig drehe ich den Schlüssel zweimal im Schloss herum und öffne die Tür. Da ihm offensichtlich nicht entgeht wie aufgelöst ich bin, schließt er mich sofort in seine Arme. »Alles in Ordnung«, flüstert er mir beruhigend zu und streicht mir über den Hinterkopf. »Da unten ist niemand«, raunt er tröstend. Beschämt sehe ich ihn an. »Direkt nach deinem Anruf hat es aufgehört zu klopfen.« Schuldbewusst blicke ich zu Boden und komme mir unglaublich dämlich vor. »Hey, es war richtig, dass du mir Bescheid gegeben hast.« Er legt seine

Hände an meine Wangen und sucht meinen Blick. Ich presse meine Nase gegen seine Brust und schließe seufzend die Augen. »Tut mir leid, dass ich so einen Stress gemacht habe... schon wieder.« James sieht mich ernst an. »Hör endlich auf, dich ständig zu entschuldigen. Wir sind zusammen und ich werde immer da sein, wenn du mich brauchst, hörst du?« Ungläubig grinse ich ihn an. »Wir sind zusammen?«, wiederhole ich. »Also bist du mein *Freund*?« Zärtlich streicht er mit seinem Daumen über meine Unterlippe. Bereitwillig schmiege ich mein Gesicht mit geschlossenen Augen in seine Hand. »Na, wie würdest du mich denn sonst bezeichnen?«, fragt er und sein Blick wird weich. Anstatt ihm zu antworten, lege ich meine Lippen auf seine, damit ist das Gespräch beendet.

»Pack deine Sachen, du bleibst erst mal bei mir!«, sagt James bestimmend. Fragend sehe ich ihn an. »Wieso?«
»Ich möchte nicht, dass sich das, was heute passiert ist, wiederholt.« Zweifelnd runzle ich die Stirn. »James, ich habe völlig überreagiert...«
»Darüber diskutieren wir nicht Marissa«, unterbricht er mich. Erstaunt sehe ich ihn an. »Was ist mit Ava?« Ich verschränke meine Arme vor der Brust. »Schick ihr eine SMS.

Es ist besser so, für euch beide«, sagt er entschieden. Ich halte es für keine gute Idee, ständig bei James zu sein. Zu groß ist die Angst, dass er mich irgendwann mal so erlebt, wie ich von niemandem gesehen werden will. Bedauerlicherweise hat er schon mitbekommen, was meine Ängste mit mir anstellen, aber glücklicherweise war ich noch nie am Tiefpunkt, während er in meiner Nähe war.
Andererseits wäre ich nur zu gerne öfter bei ihm. Schulterzuckend hole ich meine Zahnbürste aus dem Bad und packe sie in meine Tasche. Anschließend ziehe ich Mantel und Sneakers an und halte meine Tasche hoch. »Mehr habe ich nicht.« Er nickt mir sichtlich zufrieden zu und überlässt mir den Vortritt.

Bei James angekommen schicke ich Ava direkt eine SMS. »Hast du schon gefrühstückt?«, ruft James mir aus der Küche zu. »Ja, habe ich«, sage ich aus Gewohnheit. Er kommt ins Wohnzimmer und wirft mir einen misstrauischen Blick zu. Ertappt blicke ich auf meine Füße.
»Wie wäre es mit Kaffee und einem Omelett dazu?«, fragt er hoffnungsvoll. Verlegen schüttle ich den Kopf. James presst grimmig die Lippen aufeinander. »Obwohl... Kaffee klingt gut«, sage ich, um einzulenken.

»Du kannst unmöglich nur Kaffee zum Frühstück trinken.« Er sieht mich aufgebracht an und zieht die Augenbrauen hoch. »Das ist doch meine Sache«, erwidere ich trotzig und werfe ihm einen beleidigten Blick zu. »Du isst nicht gerne.«
»Soll das eine Frage sein?«
»Eher eine Feststellung.« Er verschränkt die Arme vor der Brust und blickt mich streng an. »Ich will nicht, dass du mir wieder umkippst«, sagt er autoritär.
»Ich kippe nicht um.« Ich rolle übertrieben mit den Augen. Sein Blick wird finster. Bockig gehe ich an ihm vorbei und öffne den Kühlschrank. Bier, Eier, Milch und Käse, mehr ist nicht vorhanden. »Davon kann ich wirklich nichts essen«, lache ich ungläubig. »Schön, dann gehen wir einkaufen. Das ist sowieso dringend notwendig.« Ich schließe mit der Hüfte die Kühlschranktür und merke einen heftigen, aber vertrauten Anflug Nervosität in mir aufkeimen. Hibbelig zupfe ich an einer meiner Haarsträhnen. »Okay«, sage ich mit wenig Begeisterung.

Hand in Hand gehen wir gemächlich die „Kingston Avenue" entlang. Von hier aus sind es bis zum Supermarkt noch schätzungsweise fünfzehn Minuten, eine Strecke, die mir einen riesigen Respekt einflößt. Obwohl ich mich ausschließlich auf meine Atmung konzentriere, merke ich, wie ich mit jedem Schritt nervöser und unruhiger werde. Wieso fällt mir so etwas Normales nur so verdammt schwer?

Millionen Menschen gehen täglich in den Supermarkt, aber für mich ist das ein einziges Drama. Es ist einfach so lächerlich. Wie so oft überkommt mich ein Gefühl der Scham. James scheint meine Angespanntheit nicht zu entgehen, er drückt meine Hand kurz etwas fester. Entschlossen mir nichts anmerken zu lassen, sehe ich zu ihm hoch. Aufmunternd lächelt er mir zu, doch mein kläglicher Versuch zurückzulächeln scheitert. Meine Beine fühlen sich plötzlich unsagbar schwer an, fast so, als hätte mir jemand zwanzig Kilo Gewichte um meine Waden geschnallt. Jeder Schritt fällt mir schwerer und James entgeht mein Zögern nicht. *Nicht schon wieder!* Es ist so demütigend, dass ich die einfachsten Dinge nicht auf die Reihe bekomme. Mir ist echt nach heulen zumute. Abrupt bleiben wir stehen. James stellt sich direkt vor mich und sieht mich besorgt an.

»Alles in Ordnung?« Niedergeschlagen senke ich den Blick und schüttle zaghaft den Kopf. »Ich schaffe es einfach nicht«, gebe ich mit leiser Stimme zu. »Ist doch okay«, versucht er mich aufzumuntern und hebt mein Kinn etwas an. »Nein, ist es nicht. Gar nichts ist okay!«, fahre ich ihn an. *Ich hasse es so zu sein!* »Marissa!«, ruft er tadelnd aus. »Das ist *kein* Weltuntergang. Nächstes Mal schaffst du es«, sagt er voller Überzeugung. Er sieht mir streng aber gleichermaßen liebevoll in die Augen. »Okay«, flüstere ich resigniert und zucke mit den Schultern. Es ist so frustrierend, aber mit James an meiner Seite fühle ich mich wenigstens nicht mehr allein. James lächelt mich mitfühlend an und küsst mich sanft auf den Mundwinkel. »Na komm, gehen wir zurück.« Er legt seinen Arm um meine Taille und wir treten, zu meiner Überraschung ohne weitere Vorkommnisse, den Rückweg an.

In James' Apartment angekommen geht es mir augenblicklich besser. Dennoch fühle ich mich erschöpft, als wäre ich einen Marathon gelaufen. Deprimiert kauere ich mich in die hinterste Ecke der Couch und schließe die Augen. James kommt mit zwei Tassen Kaffee ins Zimmer und stellt sie vor uns auf dem Couchtisch ab. Er legt einen Arm um mich, sofort schmiege ich mich bereitwillig an ihn. Genüsslich atme ich seinen vertrauten Duft ein und streiche mit meiner Hand gedankenverloren seinem Arm entlang. »Es tut mir so leid«, stammle ich. »Was habe ich dir übers ständige Entschuldigen gesagt?«, fragt er mit ernster Miene.

»Aber es tut mir nun mal leid. Ich hasse es, dass ich so bin und dein Leben dadurch gleich mit verkompliziere.« Er atmet hörbar aus und rückt ein wenig von mir ab, so dass wir uns direkt gegenübersitzen und einander ansehen können. »Marissa, liebst du mich?« Seine Frage wirft mich völlig aus der Bahn. Wie kommt er jetzt darauf?

»Ja«, antworte ich ohne jeden Zweifel. Sein Blick wird weich und dieses arrogante Grinsen umspielt seine Mundwinkel. Er nimmt meine Hand und streicht mit seinem Daumen zärtlich über meinen Handrücken. »Und ich liebe dich, sehr sogar. Ich habe das noch nie zu einer Frau gesagt und hätte mir auch nie vorstellen können, es nach so kurzer Zeit mal auszusprechen, aber es ist wahr. Ich weiß, dass es leicht gesagt ist, aber du musst dich von alldem, was du mit dir rumschleppst, lösen. Du darfst bei mir so sein wie du bist und auch wenn es dir schwerfällt, du kannst mir vertrauen. Ich werde für dich da sein, ohne dass du dich jemals von mir abhängig machen musst. Ich weiß, du gibst dein Möglichstes und dass du heute an deine Grenzen gekommen bist, trotzdem ist aufgeben ab jetzt keine Option mehr, hörst du?« Wie gebannt hänge ich an seinen Lippen und sauge jedes Wort von ihm regelrecht auf. Er klingt so aufrichtig und leidenschaftlich, dass ich niemals an dem zweifeln würde, was er gesagt hat. »Ich versuche es ja«, sage ich frustriert. »Versuche es stärker, Marissa«, raunt er inbrünstig, rückt näher an mich heran und umfasst mit seinen Händen mein Gesicht. »Ich liebe dich«, flüstert er und küsst mich eine gefühlte Ewigkeit so ungestüm, dass es mir den Atem verschlägt. »Ich fahre schnell zum Supermarkt«, sagt er, als er sich keuchend von mir löst. Wenige Augenblicke später wirft er mir ein strahlendes Lächeln zu und ist verschwunden.

Lustlos nippe ich an meinem Kaffee. Ich bin noch immer total überwältigt von James' Worten. Obwohl ich es regelrecht fühlen kann, wie ernst er es mit mir meint, versucht mein Verstand mich mit aller Kraft davon abzuhalten, diesem Glauben zu schenken. Es spricht so vieles dagegen. Ich habe nicht leicht zu ignorierende Probleme, bin weder klug noch attraktiv. Was sieht er nur in mir? Gedankenverloren schüttle ich den Kopf und seufze leise auf. Um mich nützlich zu machen gehe ich durchs Apartment um für etwas Ordnung zu sorgen. Zu meiner Überraschung stelle ich fest, dass es nichts Nennenswertes zu tun gibt. Ich hole unsere Tassen aus dem Wohnzimmer und stelle sie in den Geschirrspüler. Als mein Blick auf mein Handy fällt, beschließe ich spontan Ava anzurufen. Nach dem dritten Tuten nimmt sie mit piepsiger Stimme ab. »Alles in Ordnung Marissa?«

»Ja, natürlich«, schmunzle ich über ihren Tonfall.

»Du rufst mich sonst nie bei der Arbeit an«, stellt sie besorgt fest. »James hat mir gesagt, dass er mich liebt«, platzt es aus mir heraus. Ich muss dringend wissen, was Ava davon hält. Am anderen Ende der Leitung ist es einige Sekunden still, dann räuspert Ava sich kurz. »Und du zerredest dir sicher gerade wieder alles und fragst dich, wieso er *dich* lieben könnte, richtig?« Erstaunlich, wie gut sie mich kennt.

»Tu dir das nicht an«, sagt sie, gerade als ich ihr widerwillig zustimmen will. »Ich kenne diesen Mann nicht, aber ich konnte eindeutig erkennen, wie gut er dir tut und was für einen positiven Einfluss er auf dich hat. Du hast nur zwei Möglichkeiten. Sieh dich weiter durch Brians Augen, rede dir ein, dass du nichts wert bist und kein Glück verdienst. Oder höre auf die Menschen, die dich lieben, so wie ich, und vertraue deinem *Gefühl*.« Bei ihren Worten muss ich unwillkürlich lächeln. Ich möchte meinem Gefühl ja vertrauen, aber so einfach ist das nicht. »Danke Ava, du findest einfach immer die richtigen Worte«, sage ich gerührt.

»Jetzt genieße deine Zeit mit ihm und grüble nicht weiter. Ich bin gerade sehr in Eile, aber Marissa, du weißt, ich bin immer für dich da. Und du musst mir diesen James unbedingt so bald wie möglich vorstellen, da bestehe ich drauf.« Grinsend verabschieden wir uns und beenden das Telefonat. Vielleicht sollte ich Ava mal hierher einladen.

Als James zur Tür hereinkommt, springe ich ihm so überschwänglich in die Arme, dass er die Einkaufstüten einfach fallen lässt. »Wow, ich war noch nicht mal eine Stunde weg, Sweetheart«, lacht er überrascht und küsst mich auf die Stirn. Freudig strahle ich ihn an. Er greift in seine Jackentasche und streckt mir seine geschlossene Hand entgegen.
»Ich habe etwas für dich«, sagt er geheimnisvoll und zieht eine Augenbraue hoch. Um ein Grinsen zu unterdrücken, presse ich meine Lippen aufeinander, er sieht so aufgeregt aus. »Wirst du es mir zeigen oder soll ich es erraten?«, frage ich herausfordernd. Sein Blick wird weich und er streicht mir zärtlich eine Strähne hinters Ohr. Langsam öffnet er seine Hand und in ihr kommt ein dunkelvioletter, herzförmiger Stein zum Vorschein. Vorsichtig nehme ich ihn zwischen Daumen und Zeigefinger und betrachte den Stein aufmerksam. Beim genaueren Hinsehen bemerke ich eine winzige Gravur. »*Try it harder Marissa*«, steht dort in winzigen, schnörkeligen Buchstaben. »Der ist wunderschön,

James«, hauche ich atemlos und sehe ihn überwältigt an. Mit einem schiefen Lächeln zückt er ein schwarzes Lederband aus seiner Tasche und fädelt den Stein in die vorgegebenen, unauffälligen Öffnungen darauf. Dann tritt er hinter mich und streicht mir zaghaft meine langen Haare aus dem Nacken. »Darf ich?«, fragt er leise und fährt zärtlich mit seiner Nase meinen Nacken entlang. Mit angehaltenem Atem nicke ich, woraufhin er mir die Kette um den Hals legt. Ich drehe mich zu ihm herum und schaue in sein ernstes Gesicht. »Das ist ein Amethyst, ihm wird eine beruhigende Wirkung nachgesagt«, erklärt er. »Und ich dachte, dass es dir vielleicht hilft, wenn du etwas bei dir hast, dass dich an etwas Schönes erinnert.« Er zuckt ein wenig verlegen mit den Schultern und streicht mir über die Wange. »Danke«, flüstere ich sprachlos. Ich bin völlig überwältigt, dass er sich so viele Gedanken macht und sich solche Mühe gibt. Da Brian meine Ängste nie ernst genommen hat, bedeutet mir diese Geste umso mehr. Berührt von dieser Geste fasse ich nach dem Stein um meinen Hals und schenke James ein dankbares Lächeln. *Womit habe ich diesen Mann verdient?* Unvermittelt zieht mich James in seine Arme und küsst mich. Verliebt schmiege ich mich an ihn und genieße diesen innigen Moment.

»Frühstücken wir«, sagt James lächelnd und löst sich von mir. Neugierig werfe ich einen Blick in die Einkaufstüten.

»Wir haben Äpfel, Avocados, frische Mangos, Müsli und Bagels«, sagt er beinahe stolz. Beeindruckt hebe ich die Augenbrauen. »Jetzt sag mir nicht, du isst kein frisches Obst.« James' Enttäuschung ist kaum zu überhören, scheinbar hat er meinen Blick missdeutet. »Doch, natürlich«, werfe ich lachend ein. »Ich liebe frisches Obst.«

Sichtlich zufrieden nimmt er die Einkäufe und trägt sie in die Küche. Während James die Lebensmittel auspackt, decke ich den Tisch. Als wir uns setzen greift James sofort beherzt zu. Ein gekochtes Ei, einen Bagel und eine halbe Avocado landen prompt auf seinem Teller. Erwartungsvoll sieht er zu mir herüber. Zaghaft nehme ich mir einen grünen Apfel und schneide ihn wie gewohnt in kleine Teile. Als ich den Blick hebe stelle ich fest, dass er mich noch immer skeptisch ansieht. »Ist das alles, was du essen willst?« Sein Tonfall ist drängend. »Natürlich nicht«, sage ich so unschuldig wie möglich und lege mir die andere Hälfte der Avocado auf meinen Teller. James zieht eine Augenbraue hoch und grinst schief, als er sich seinem Frühstück widmet. In einer behaglichen Stille essen wir.

»Magst du noch etwas Kaffee oder Tee?« James lächelt mich liebevoll an. Ohne ihn aus den Augen zu lassen schiebe ich meine leere Tasse zu ihm herüber und er schenkt mir grinsend etwas Tee nach. »Darf ich dich etwas fragen?«, flüstere ich mit leichtem Unbehagen in der Stimme. Er legt die Stirn in Falten, stützt seine Ellenbogen auf den Tisch und lehnt sich ein Stück zu mir herüber. »Natürlich«, sagt er knapp. Unruhig verlagere ich mein Gewicht auf dem Stuhl. »Du hast vorhin erzählt, dass du noch nie einer anderen Frau gesagt hast, dass du sie liebst. Wie kam das?«
Gespannt sehe ich ihn an. »Ich war noch nie verliebt«, antwortet er prompt. »Noch nie?«, wiederhole ich skeptisch. Er schüttelt düster den Kopf. »Durch die ständigen Ortswechsel hatte ich für so etwas keine Zeit. Ich war in ständiger Sorge um meine Mom und hatte dafür auch keinen Kopf«, sagt er achselzuckend und greift über den Tisch nach meiner Hand. »Ich hatte einige Affären, allerdings hatte ich aber nie Interesse, mich wirklich zu binden. Ich hatte nie den Eindruck, dass mir etwas gefehlt hat. Erst seit ich dich kenne ist mir bewusst, dass das alles ist, was für mich eine Bedeutung hat«, fährt er fort und sieht mich mit seinen blauen Augen eindringlich an. Lächelnd küsst er meinen Handrücken, woraufhin ich ihn zufrieden anstrahle. »Lerne

ich deine Mom eigentlich irgendwann mal kennen?«, platzt es unüberlegt aus mir heraus. In James' Gesicht zeichnen sich innerhalb weniger Sekunden eine ganze Reihe unterschiedlicher Gefühlsregungen ab. Erst ist sein Ausdruck hart, gefolgt von tiefer Trauer und dann meine ich pure Verzweiflung zu erkennen. Schnell bringt er seine Mimik wieder unter Kontrolle. »Nein«, sagt er harsch. Erschrocken über seinen Tonfall zucke ich zusammen. Als James seinen Blick abwendet, beginne ich mechanisch den Tisch abzuräumen. »Du musst hier nicht sauber machen«, sagt er eine Spur milder. »Ich möchte aber«, erwidere ich und räume unser Geschirr in die Spülmaschine. Ich beschließe, James vorerst nicht mehr auf seine Mom anzusprechen, auch wenn ich mir keinen Reim auf seine Reaktion machen kann. »Was möchtest du heute unternehmen?«, fragt er in meine Gedanken hinein und sieht mich erwartungsvoll an.

»Ich dachte du musst vielleicht noch arbeiten«, sage ich ausweichend. Schleichend kommt er auf mich zu und packt mich bei der Taille. »Ich habe heute alle Zeit der Welt für dich. Wir sind keine Stubenhocker Marissa«, sagt er tadelnd. »Sind wir nicht?«, flüstere ich und versuche seinem eindringlichen Blick auszuweichen. Träge schüttelt er seinen Kopf und reibt seine Nase an meiner Stirn.

»Zieh dich an, wir gehen.« Ich sehe ihn irritiert an. »Wohin denn?«

»In die Mall, ich brauche Shampoo.« Er versucht ein Grinsen zu verbergen. »Shampoo? In die Mall?«, wiederhole ich langsam, so als müsste ich ausprobieren, wie sich die Worte auf der Zunge anfühlen. Ohne weiter darüber nachzudenken ziehe ich meine Sneakers und meinen Mantel an und greife nervös an meine Kette. »Dann mal auf in die Mall«, sage ich mit bebender Stimme. James wirft mir einen anerkennenden Blick zu und öffnet mir die Tür.

»Warst du schon mal in der Mall?«, fragt James und drückt zärtlich meine Hand. »Natürlich«, sage ich fast ein wenig beleidigt. Gemütlich schlendern wir die „Hudsonstreet" entlang und wie gewohnt versuche ich mir fieberhaft auszurechnen, wie lang der Weg bis zur Mall wohl andauert. Von hier bis nach Downtown dürften es zwanzig Minuten zu Fuß sein. Alles in mir sträubt sich auch nur einen weiteren Schritt zu gehen, doch ich möchte es diesmal unbedingt schaffen. Meine rechte Hand krallt sich angespannt in James' Hand, meine Linke greift nach dem Stein um meiner Kette. Auf der anderen Straßenseite kommt uns ein älteres Paar, schätzungsweise um die Siebzig entgegen und lächelt uns freundlich zu. Bestimmt sehen James und ich wie ein normales, frisch verliebtes Paar aus, das unbeschwert den Tag genießt. Dabei bin ich ein verängstigtes, essgestörtes Chaos und er ein Mörder, denke ich sarkastisch und schüttle bei diesem Gedanken kaum merklich den Kopf. Die Hälfte des Weges liegt bereits hinter uns und mir geht es ungewöhnlich gut. Zu gut, das kenne ich gar nicht von mir. Sichtlich nervös nestle ich an dem Stein herum. »Alles okay?« Ich höre eine leichte Besorgnis in James' Stimme mitschwingen. »Ja.« Ich lächle ihm zu und er küsst, offensichtlich erleichtert über meine Antwort, meinen Handrücken. Es ist unübersehbar, dass wir uns der Mall nähern, denn um uns herum versammeln sich immer mehr Menschen. Ich konzentriere mich stur auf meine Atmung und dem Stein in meiner Hand. *Alles ist gut, alles ist gut,* sage ich mir in Gedanken wie ein Mantra auf. Ein Fuß vor dem anderen und nicht zu viel nachdenken, in einer Stunde bin ich wieder sicher zuhause. »Wir sind da«, holt James mich aus meinen Gedanken heraus. Reglos bleiben wir vor der Mall stehen. »Sollen wir reingehen?« Er sieht mich motivierend an. Ohne ihm zu antworten lasse ich seine Hand los und gehe schnurstracks in das Gebäude. Das Erste was mir auffällt ist, dass es sehr warm ist, beinahe stickig, deshalb öffne ich meinen Mantel ein klein wenig. So ruhig wie möglich sehe ich mir mein Umfeld genau an. Es ist schon einige Jahre her, seit ich die Mall das letzte Mal von innen gesehen habe. Es ist sehr laut und das unnatürliche Licht ist unangenehm in den Augen. Leute strömen an mir vorbei und sehen mich zum Teil etwas argwöhnisch an, gehen aber unverzüglich weiter ihrer Wege. James greift hinter mir nach meiner Hand und lächelt mich sichtlich stolz an. »Ich habe es geschafft«, flüstere ich ihm zu, so als würde ich ihm mein dunkelstes Geheimnis anvertrauen. Überschwänglich hebt er mich hoch und dreht sich mit mir im Arm zwei Mal im Kreis. Als er mich wieder absetzt, sieht er mich voller Begeisterung an. »Du hast es geschafft. Ich habe nicht eine Sekunde daran gezweifelt, dass du es kannst!«

Er drückt mir einen keuschen Kuss auf die Lippen.

»Ich bin nur nach draußen gegangen«, wiegle ich beschämt ab und merke, wie mir die Röte ins Gesicht steigt.

»Du kannst mir gratulieren, wenn ich ein Heilmittel gegen Krebs erforscht habe.« Peinlich berührt von seinem Gefühlsausbruch blicke ich auf meine Füße. James hebt mein Kinn etwas an und zwingt mich damit ihn anzusehen.

»Auch wenn ich deinen Sarkasmus sehr zu schätzen weiß, ist er an dieser Stelle absolut unangebracht«, mahnt er mich. »Für dich war das ein riesiger Schritt und ich weiß, wie viel Kraft es dich gekostet hat. Dennoch hast du es geschafft.« Er atmet tief ein und schmiegt seine Nase an meine. »Ich liebe dich so sehr.« Zärtlich streiche ich ihm durchs widerspenstige Haar und atme seinen beruhigenden Duft ein. »Ich liebe dich auch James«, flüstere ich lächelnd.

»Wir laufen jetzt seit geschlagenen vierzig Minuten durch die Stadt und dennoch sehe ich kein Shampoo in deiner Hand«, stelle ich gespielt dramatisch fest. James versucht vergebens sich ein Lachen zu verkneifen. Abrupt bleibe ich stehen und lasse seine Hand los. »Das war nur ein Trick, um mich aus dem Haus zu bekommen, es ging dir nie um das verdammte Shampoo«, rufe ich schockiert aus und kreuze meine Arme vor der Brust. Es fällt mir schwer nicht zu lachen, doch irgendwie gelingt es mir meine ernste Miene zu behalten. James kommt grinsend auf mich zu und legt seine Hände um mein Gesicht. »Du bist einfach unglaublich«, sagt er mit sanfter Stimme. »Wieso? Weil ich dich durchschaut habe?«, blöde ich herum und muss kichern. Schlagartig wird die Atmosphäre um uns ernst. »Ich mag die ausgelassene Marissa sehr«, raunt er und zieht mich in seine Arme. Bereitwillig schmiege ich mich an ihn und schließe die Augen. Ich genieße diese Geborgenheit in vollen Zügen, es ist mir unbegreiflich, was Liebe für Kräfte in einem hervorrufen kann. *Habe ich das gerade wirklich gedacht?* Ein sehr untypischer Gedanke für eine Zynikerin wie mich. Als ich grinsend meine Augen wieder öffne, blicke ich zu meinem Entsetzen direkt in Brians wütendes Gesicht. Er steht keine zwei Meter von uns entfernt und schäumt vor Wut. Ruckartig löse ich mich aus James' Umarmung und sehe ihn panisch an. Als er meinen Gesichtsausdruck deuten kann, blickt er sich sorgsam um und entdeckt Brian nur wenige Augenblicke nach mir. Er greift erneut nach meiner Hand und sieht mir eindringlich in die Augen. »Wir gehen.«

Mein ganzer Körper steht unter Anspannung, ich habe das Gefühl, keinen Fuß vor dem anderen setzen zu können. Ich atme einmal tief ein und drehe mich entschieden zum Gehen um, doch da steht Brian schon vor uns. Mit weit aufgerissenen Augen sehe ich ihn an, unfähig irgendetwas zu sagen. »Na sieh mal einer an«, sagt Brian und ignoriert James gekonnt. »Ich dachte, du bist zu blöd zum Rausgehen. Ist es hier nicht viel zu gefährlich?« Sein sarkastischer Tonfall trieft vor Anfeindung. Meine Beine werden schlagartig weich und ich merke, wie mir sämtliche Farbe aus dem Gesicht weicht. Dennoch straffe ich meine Schultern und entschließe mich mutig etwas zu entgegnen, doch James stellt sich so vor mich hin, dass ich Brians Blick nicht länger ausgeliefert bin. Die Anspannung um uns herum ist erdrückend, am liebsten würde ich einfach wegrennen. »Mr. Cooper, sind Sie soweit?«, ruft ein Mann mittleren Alters zu Brian herüber. »Ich bin noch lange nicht mit dir fertig«, zischt Brian eisig und wirft mir einen vernichtenden Blick zu. Dann dreht er sich herum und geht mit gespielt freundlicher Miene auf den älteren Herrn zu. James macht einen zornigen Schritt nach vorne, doch ich halte ihn zurück. »Nicht«, sage ich und sehe ihn bittend an. Er stöhnt kurz auf. »Alles okay mit dir?«, erkundigt er sich und legt die Stirn sorgenvoll in Falten. »Es geht schon«, stammle ich aufgelöst. Das Atmen fällt mir schwer und mein Herz rast wie verrückt. Ich drücke meinen Stein so fest gegen meine Handfläche, bis es weh tut. Angestrengt versuche ich alles um mich herum auszublenden. »Ich möchte gern nach Hause«, sage ich einen kurzen Moment später. James nickt verständnisvoll und wir machen uns sofort auf den Rückweg. Es dauert nur wenige Minuten, bis wir uns ruhigeren Wegen nähern. Da ein unangenehmes Schweigen herrscht, versuche ich vorsichtig die Stille zu durchbrechen. »Es tut mir leid James.« Ich höre ihn laut aufstöhnen. »Was denn?«, fragt er gereizt.

»Dass ich uns den Tag ruiniert habe«, sage ich entschuldigend. James rollt mit den Augen. »Hast du deinen Ex denn dort hinbestellt?«

»Nein«, entgegne ich irritiert. »Dann gibt es auch keinen Grund, sich zu entschuldigen.«

Ich kann seine Stimmung nicht sicher deuten, aber er scheint genervt zu sein. Schweigsam gehen wir weiter. Obwohl es bitterkalt ist, ist es ein herrlicher Tag. Die Sonne scheint, einige Vögel zwitschern und der Himmel ist beinahe wolkenlos. Es *könnte* ein so schöner Tag sein. Wieso verhält sich James mir gegenüber plötzlich so abweisend? *Tja, ich mache jede Menge Ärger und schleppe eindeutig zu viel Ballast mit mir herum*, ätzt mein Unterbewusstsein. Ich versuche diese Stimme zu ignorieren. Auf einmal bleibt James abrupt stehen und drückt mir seinen Apartmentschlüssel in die Hand. »Geh schon rein, ich habe noch etwas zu erledigen«, sagt er knapp und macht auf dem Absatz kehrt. Ich war scheinbar so in meine Gedanken vertieft, dass ich gar nicht bemerkt habe, dass wir bereits am Apartment angekommen sind. Ungläubig schaue ich auf den Schlüssel in meiner Hand und noch bevor ich etwas sagen kann, fährt James auf seinem Motorrad davon.

Im Apartment angekommen fühle ich mich etwas verloren. Erschöpft nehme ich einen tiefen Atemzug und entspanne meine Schultern. Da ich nichts mit mir anzufangen weiß, laufe ich ziellos durch die Räume umher und zermartere mir den Kopf, wo James so plötzlich hingegangen ist. Mein Handy klingelt, es ist Ava. Eigentlich habe ich im Moment keinen Redebedarf, dennoch gehe ich widerwillig ran. »Hey du Süße«, trällert sie gut gelaunt. Ich reibe mir die müden Augen und versuche mich mit aller Kraft zusammenzureißen, ich möchte nicht, dass Ava sich Sorgen macht. Ich habe heute etwas geschafft, dass ich mir niemals zugetraut hätte und bin in James' Apartment, bei dem Mann, den ich so unendlich liebe. Aber ich bin allein. Bei dieser Erkenntnis habe ich Mühe, meine Tränen zurück zu halten. »Marissa was ist los?«, fragt Ava in die Stille hinein. »Ich hatte eine Art Streit mit James.« Streit? Keine Ahnung, wie ich es sonst nennen soll. »Wieso denn?«, fragt sie aufgebracht. »Wir waren in der Mall und alles war so wunderbar«, beginne ich zu erklären. »Du warst in der Mall?«, unterbricht sie mich begeistert. »Das ist ja der Wahnsinn.«

Ja, für eine Invalidin wie mich ist das großartig. Klappe!, mahne ich mich selbst. »Es war wirklich toll Ava«, fahre ich fort. »Das erste Mal seit Ewigkeiten habe ich mich so frei gefühlt, es war unbeschreiblich. Doch dann stand Brian plötzlich vor mir.« Meine Stimme bricht.

»Was ist passiert?« Ihr Tonfall ist angespannt.

»Er hat mir gedroht und ist gegangen«, sage ich kurz angebunden. »Er hat *was*?« Ich höre Ava entsetzt nach Luft schnappen. »Aber was hat das alles mit James zu tun? Wieso hast du dich mit ihm gestritten?«

»Ich weiß es nicht. Er war so merkwürdig und ist einfach weggefahren.« Unbehaglich zupfe ich an meinen Haaren.

»Kann ich irgendetwas für dich tun Süße?«, fragt sie mitfühlend. »Nein, aber danke. Ich warte bis er wiederkommt und rede dann mit ihm. Wieso hast du eigentlich angerufen?« Ich möchte nicht mehr länger über James oder Brian reden, das ganze wühlt mich viel zu sehr auf. »Ich habe mein Auslandsstudium in der Tasche«, platzt es voller Vorfreude aus ihr heraus. »Hey, das ist ja großartig. Ich freue mich riesig für dich«, sage ich, zu ihrer Enttäuschung wenig überzeugend. »Blöder Zeitpunkt, um dich jetzt alleine zu lassen, was?« Sie klingt betrübt. »Quatsch. Du hast dich so lange darauf vorbereitet, ich freue mich wirklich für dich«, versuche ich es noch einmal. »Danke«, sagt sie erleichtert. »Du glaubst gar nicht, wie aufgeregt ich bin. Ich wollte dich fragen, ob du so lange bei mir einziehst. Ich meine, du brauchst eine Wohnung, ich einen Wohnungssitter.« Ich höre sie am anderen Ende der Leitung lächeln. »Ava, du musst das nicht tun. Ich werde schon irgendwie klarkommen«, wiegle ich gerührt ab. »Keine Widerrede, Marissa. Das ist doch das Mindeste. Bitte sag ja.« Ich muss widerwillig grinsen. Auf Ava ist immer Verlass, das ist schon seit der Grundschule so. »Ich danke dir. Und natürlich sage ich ja.« Es läutet. »Ava, ich muss auflegen, James kommt. Ich habe dich lieb, wir reden morgen.« Ein wenig nervös beende ich das Telefonat und öffne gespannt die Tür.

Prüfend sehe ich James an. Nach wie vor kann ich seine Stimmung nicht einschätzen. Daher beschließe ich, ihn vorerst nicht mit der Sache zu konfrontieren und versuche es mit etwas Unverfänglichem. »Möchtest du Kaffee?«, frage ich und sehe schüchtern zu ihm. Sofort kommt er auf mich zu und legt seine Arme um mich. »Es tut mir leid, wie ich mich dir gegenüber verhalten habe«, sagt er aufrichtig und lehnt seine Stirn gegen meinen Kopf. »Alles in Ordnung«, flüstere ich erleichtert und schmiege mich an ihn.

»Wo warst du?«, frage ich und zeichne gedankenverloren die Konturen seiner Brust mit meinem Daumen nach. »Bei meiner Mom«, sagt er nach einer kurzen Weile leise. Überrascht ziehe ich die Augenbrauen hoch. »Oh«, sage ich nur. Er sieht mich konzentriert an. »Ich möchte, dass du mich das nächste Mal begleitest.« Auf seinem Gesichtsausdruck liegt ein Schatten der Trauer. Doch das nehme ich nur den Bruchteil einer Sekunde zur Kenntnis, denn sofort beschäftigt mich die Frage, *wie* ich das hinbekommen soll. Ein kurzer Spaziergang ist eine Sache, mich mit James und seiner Mom irgendwo auf einen Kaffee hinzusetzen, eine ganz andere. »Das wird sehr schwer für mich«, gebe ich zu. »Doch ich möchte es gern versuchen.« James haucht mir einen zarten Kuss aufs Haar. »Was hältst du davon, wenn wir den Kaffee durch eine heiße Dusche ersetzen würden?« Dieses sexy Grinsen, das ich so liebe, umspielt seinen Mund. Schüchtern lächle ich ihn an und nicke überschwänglich. Ich bin so erleichtert, dass die Stimmung zwischen uns wieder so entspannt ist. James zieht sein Shirt aus, mustert mich vom Scheitel bis zur Sohle und zieht spitzbübisch eine Augenbraue hoch. Als ich ihn angrinse, macht er ohne Vorwarnung einen Satz nach vorn und hebt mich ausgelassen in seine Arme. Belustigt schreie ich kurz auf. »Ab unter die Dusche«, raunt er und trägt mich ins Bad. Was für eine herrliche Art und Weise, den Tag zu beenden.

Kapitel 10

Unsanft werde ich vom Klingeln meines Handys aus dem Schlaf gerissen. »Hallo?«, melde ich mich schläfrig und stelle erschrocken fest, dass die Betthälfte neben mir leer ist. »Auch schon wach, Schlafmütze?«, lacht James in den Hörer. »Ich wollte dich nicht wecken, ich bin schon seit sechs Uhr am anderen Ende der Stadt, da ich kurzfristig einen riesigen Auftrag bekommen habe.« James klingt begeistert. »Wie spät ist es denn?«, frage ich überrascht.

»Es ist beinahe elf Uhr, du hattest wohl eine Menge Schlaf nötig«, sagt er heiser und ich weiß sofort, worauf er anspielt. Unwillkürlich ziehen die Bilder der Ereignisse von gestern Nacht in meinen Gedanken vorbei. James und ich unter der Dusche, wie wir uns leidenschaftlich geliebt haben und wie ich friedlich in seinen Armen eingeschlafen bin. Sofort merke ich, wie mir die Röte ins Gesicht steigt und muss verschämt grinsen. Als ich auf den Wecker neben mir schaue und realisiere, dass es tatsächlich schon *so* spät ist, fällt der Groschen. »Oh nein, Ava wollte gleich hierherkommen«, sage ich und stehe hektisch auf.

»Marissa, ich möchte auf keinen Fall, dass du das Haus verlässt.«

Wieder dieser bestimmende Unterton. Aber nachdem was gestern mit Brian vorgefallen ist, kann ich ihm seine Besorgnis nicht verdenken. »Ich mache mir mit Ava hier einen gemütlichen Vormittag«, verspreche ich. »Wann kommst du nach Hause?«

»Sobald es geht«, versichert er. »Okay, ich muss mich anziehen.«

»Du musst auch etwas essen. Ich habe dir etwas vorbereitet. Und Marissa, du wirst es essen.« Ich verziehe meine Lippen zu einem Schmollmund. Natürlich weiß ich, dass er es nur gut mit mir meint, daher möchte ich keinen Streit provozieren. »Okay, ich danke dir. Bis später.«

Am anderen Ende der Leitung ist es kurz still. »Ich liebe dich.«

»Und ich liebe dich, James.« Grinsend lege ich auf.

»Wow, es ist zwar kein Palast, aber wahrlich stilvoll eingerichtet. Kein Wunder, dass du deine Zeit lieber hier, als in meiner Wohnung verbringst«, staunt Ava und pfeift anerkennend, als sie James' Apartment betritt. »Das liegt sicher nicht am Apartment, dass ich lieber hier bin«, erwidere ich und grinse verschmitzt. Wir gehen in die Küche und setzen uns an den reich gedeckten Frühstückstisch. James hat wirklich nicht zu viel versprochen, wir haben Croissants, Müsli, frisch aufgebrühten Kaffee und allerhand verschiedenes Obst. »Wie lief es mit James? Habt ihr euch ausgesprochen?«, fragt Ava und greift nach der Kaffeekanne. Ich stelle zwei Tassen vor uns ab und verziehe das Gesicht zu einem zufriedenen Grinsen. »Ja, es ist alles in Ordnung. Ich lerne sogar seine Mom kennen.« Überrascht zieht Ava eine perfekt gezupfte Augenbraue hoch. »Wow, er scheint es wirklich ernst mit dir zu meinen.« Ein verlegenes Lächeln huscht über mein Gesicht. »Schade, dass ich ihn nicht mehr kennenlerne, bevor ich weg muss.« Betrübt blicke ich auf mein angebissenes Croissant. »Ich kann gar nicht glauben, dass wir uns so lange nicht sehen«, sage ich und schaue schwermütig zu ihr hoch. »Keine Tränen. Wir bleiben ständig in Kontakt, wir können telefonieren und uns mailen«, sagt sie mit leicht bebender Stimme. »Da bestehe ich auch drauf«, krächze ich piepsig. Belustigt über meine Stimmlage fängt Ava lauthals an loszugackern, woraufhin ich unverzögert in ihr Lachen einsteige.

Nach unserem ausgiebigen Brunch, auch wenn wir mehr geredet als gegessen haben, machen wir es uns mit einer

Tasse warmen Pfefferminztee auf dem Sofa gemütlich. Ava erzählt mir umfangreich von ihrem vorübergehenden geplanten Umzug und dass sie vermutlich in eine WG mit zwei anderen Frauen ziehen wird. Sie erteilt mir ungefragt Ratschläge, wie ich am besten ihre heißgeliebten Pflanzen wässere und ich höre ihr zu, nicke ab und zu und konzentriere mich darauf nicht loszulachen, wenn sie den Neunmalklugen raushängen lässt. *Ein paar Pflanzen zu gießen sollte ich gerade noch so hinbekommen,* denke ich amüsiert. Als es allmählich zu dämmern anfängt, schaut Ava erschrocken auf die Uhr. »So ein Mist, ich habe noch so viel zu tun. Ich muss packen, meinen Reisepass finden und noch einige Akten überarbeiten«, sagt sie und steht hektisch auf. Sie zieht sich hastig ihre Jacke über, schlüpft in ihre schwarzen Stilettos und holt eine Karte aus ihrer Handtasche. »Hier, das ist meine neue E-Mail. Darüber bin ich am besten zu erreichen.« Wortlos nehme ich die kleine rechteckige Karte entgegen und versuche zu lächeln. Sie legt ihre schlanken Arme um mich und drückt mich ganz fest an sich.
»Ich werde dich wirklich vermissen«, flüstere ich.
»Ich werde dich auch vermissen. Gut zu wissen, dass du in guten Händen bist«, sagt sie mit fester Stimme und lächelt mich an. »Okay, ich muss jetzt wirklich los, ich melde mich,

sobald ich ausgepackt habe«, versichert sie mir und winkt zum Abschied. Ich schlendere zur Couch und ziehe eine ordentlich gefaltete Fleecedecke zu mir herüber. Verwundert, dass James bis jetzt noch nichts von sich hören lassen hat, beschließe ich kurzerhand ihn anzurufen. Es meldet sich direkt die Mailbox. Das ist völlig untypisch für ihn, aber vielleicht ist sein Akku einfach nur leer. Ich schließe für einen kurzen Moment die Augen und warte mit einem unruhigen Bauchgefühl auf James.

Schläfrig liege ich auf der Couch, als mein Handy klingelt. Es ist eine unterdrückte Nummer, sofort bekomme ich ein ungutes Gefühl in der Magengegend. »Hallo?«, melde ich mich argwöhnisch. »Wenn du deinen Freund je wiedersehen willst, komm zum alten Bahnhofsgebäude!«, droht mir eine raue Männerstimme. Instinktiv greife ich nach dem Stein um meiner Kette und halte angespannt den Atem an. *Soll das ein Witz sein?* »Verstanden, Marissa?«, brüllt mich die Männerstimme an. »Brian?«, flüstere ich ungläubig in den Hörer. »Gut geraten«, sagt er abschätzig. »Beeil dich, sonst wirst du es bereuen. Rufst du die Polizei, ist er tot.« Dann legt er auf. Wie paralysiert starre ich das Display meines Handys an. Eilig scrolle ich zu James' Nummer und betätige die Anruftaste. Sein Handy ist nach wie vor ausgeschaltet. Ich werfe hastig einen Blick auf die Uhr, es ist fast Mitternacht. James würde mich nie so lange allein lassen, ohne etwas von sich hören zu lassen. Ungeduldig wähle ich seine Nummer erneut, wieder die Mailbox. Mein Herz beginnt so kräftig zu schlagen, dass ich Mühe habe, atmen zu können. Was soll ich tun? Die Polizei alarmieren? Nein! Brian sagte keine Polizei. Auf keinen Fall werde ich es riskieren, James in Gefahr zu bringen. Verzweifelt hocke ich mich auf den Fußboden und wische mir geistesgegenwärtig eine Träne von der Wange. James ist schon in Gefahr und dass alles wegen mir. Es ist alles meine Schuld! Wie konnte es nur so weit kommen? Ich ringe um Beherrschung und ziehe mir mechanisch Jacke und Schuhe an. Ich verschwende keinen einzigen Gedanken daran, *wie* ich diesen Weg schaffen soll, es geht hier verdammt nochmal um James. Selbst wenn ich hunderte Male ohnmächtig werde oder zum Bahnhofsgebäude kriechen muss, es spielt keine Rolle. Erneut streiche ich mir mit dem Ärmel eine Träne aus dem Gesicht. *Ich habe keine Zeit zum Weinen,* denke ich wütend. Ohne zu zögern gehe ich in die Küche und stecke mir mit zitternden Händen instinktiv das schärfste Messer in die Handtasche, das ich finden kann. Mit wackligen Beinen und unbezwingbarer Entschlossenheit ziehe ich die Apartmenttür hinter mir zu und mache mich auf den Weg zu James.

Am alten Bahnhofsgebäude angekommen sehe ich mich wachsam und nervös um. Es scheint niemand hier zu sein. Auf den stillgelegten Gleisen huschen einige Blätter vom Wind vorbei und ich bekomme sofort eine Gänsehaut. Die Atmosphäre ist unheimlich, ich kann kaum etwas erkennen, da es keine Laternen gibt. Mein gesamter Fokus liegt darauf James zu finden. Unruhig greife ich in meine Jackentasche, um Brian anzurufen, doch plötzlich packt mich jemand von hinten am Arm. Vor Schreck lasse ich mein Handy fallen. Ohne mich aus den Augen zu lassen, hebt Brian es auf und verstaut mein Handy in seiner Hosentasche. »Das brauchst du nicht mehr«, sagt er unheilvoll. Ihm nach so langer Zeit ganz alleine gegenüber zu stehen, jagt mir einen Schauder über den Rücken. Während ich angestrengt versuche, meinen rasenden Herzschlag unter Kontrolle zu bringen, greift Brian nach dem Riemen meiner Handtasche. Sofort stockt mir der Atem. Doch als Brian von meiner Tasche Besitz ergriffen hat, wirft er sie desinteressiert in ein naheliegendes Gebüsch. *Oh nein, mein Messer*, denke ich verzweifelt.

»Wo ist James?«, frage ich leise. In Brians Augen erscheint unversehens ein Ausdruck, den ich nur allzu gut kenne. *Macht.* Ich habe diesen Blick jedes Mal zu sehen bekommen, wenn er mich erniedrigte und er wusste, dass ich nicht von ihm wegkann. Jedes Mal, wenn er mir emotional mit seinen Grausamkeiten ins Gesicht spuckte. Ich kämpfe gegen Drang an, mich übergeben zu müssen. »Komm mit!« Er packt mich grob am Arm und schleift mich unsanft neben sich her. Wir gehen schnurstracks in das kleine, abgewrackte, leerstehende Gebäude. Brian knipst eine Stehlampe an, die direkt auf James gerichtet ist. Meine Augen können nicht begreifen, welches Bild sich ihnen bietet. James sitzt geknebelt auf einem Stuhl, sein Oberkörper, seine Handgelenke und seine Beine sind mit einer Art Drahtseilen an den Stuhl gebunden. Mit weit aufgerissen Augen sieht er mich an und gibt abgehackte Laute von sich. Er nickt mit dem Kopf immer wieder zur Tür hinter mir. Als ich verstehe, was er mir sagen will, schüttle ich kaum merklich den Kopf. Ich werde nicht gehen, nicht ohne ihn. »Halts Maul!«, schreit Brian ihn an und haut ihm mit der flachen Hand gegen den Hinterkopf. Eine schrecklich demütigende Geste. James zerrt aufgebracht an den Fesseln und versucht sich zu befreien, doch es ist aussichtslos. Reflexartig gehe ich einen

Schritt auf ihn zu. »Denk nicht mal dran!«, zischt Brian bestimmend. »Ich bin hier Brian, lass James einfach gehen«, fordere ich mutig und habe Mühe, das Zittern in meiner Stimme unter Kontrolle zu halten. Brian lacht hämisch auf. »Du...«, sagt er und zückt wie aus dem Nichts ein Messer aus seiner Jackentasche. »...hast mir gar nichts zu sagen.« Was er dann macht, lässt mir das Blut in den Adern gefrieren. Wie in Zeitlupe hält er James die Klinge an die Kehle und sieht mich hasserfüllt an. Abwehrend hebe ich die Hände und versuche mit aller Kraft, ihn nicht zu provozieren und Ruhe zu bewahren. »Brian, egal was du von mir möchtest, ich tue es«, sage ich so ruhig, wie man mit einem tollwütigen Hund sprechen würde. »Wir beide haben die Probleme und ich sehe ein, dass ich daran schuld bin, aber all das hat nichts mit James zu tun.« Ich nicke ihm hoffnungsvoll zu und versuche seine Aufmerksamkeit auf mich zu lenken. »Wegen ihm hast du mich verlassen«, sagt er voller Verachtung. »Wie konntest du es wagen, *mich* zu verlassen? So ein Spiel spielt keine mit mir.« Er zieht die Klinge mit ein wenig Druck ungefähr zwei Zentimeter an James' Hals entlang. Prompt fängt die Wunde an zu bluten, woraufhin ich panisch einen weiteren Schritt auf die beiden

Männer zugehe. »Brian, nicht!«, rufe ich atemlos aus.
»Warum nicht? Liebst du diesen Typ, Marissa?«
Seine Stimme trieft vor Verachtung und Abscheu.
»Nein«, lüge ich. »Ich liebe nur dich, so wie ich dich immer geliebt habe.« Ich muss meine Verzweiflung heftig herunterschlucken, ich muss sein perfides Spiel mitspielen, um James in Sicherheit zu bekommen. Alles in mir bricht in winzig kleine Stücke, *ich hasse ihn!* Aber ich hasse ihn nicht mehr, als ich James liebe und deshalb muss ich alles tun, um James aus Brians grausamen Fängen zu befreien. Brian sieht mich skeptisch an und hält die Klinge, scheinbar unbewusst, einen fingerbreit von James' Hals entfernt. Erleichtert stöhne ich innerlich auf. »Lass uns einfach nach Hause gehen. Nimm mich mit und wir vergessen das Ganze. Alles kann wieder genau so sein wie früher.« Mein Blick ist starr auf Brian gerichtet, doch mir entgeht nicht, wie James heftig auf dem Stuhl herumzappelt. Mit bedächtigen Schritten gehe ich auf Brian zu. »Treib keine Spielchen mit mir, Marissa«, sagt er leise, sein Tonfall ist eiskalt. »Mache ich nicht«, versichere ich beschwichtigend, dabei fällt mein Blick für einen Sekundenbruchteil auf James. Er sieht mich aufgebracht und verwirrt zugleich an und obwohl er gefesselt ist und seine Wunde noch immer blutet, erkenne ich

keinerlei Angst in seinen Augen. Brian legt das Messer beiseite und schließt mich, zu meiner sichtlichen Überraschung, in die Arme. Um kein Misstrauen zu erwecken, lege ich meine Arme ebenfalls um ihn. Mir wird speiübel und für den Bruchteil einer Sekunde schöpfe ich Hoffnung, dass das alles nur ein Albtraum ist, aus dem ich jeden Moment erwache. »Carlos«, ruft Brian und lässt von mir ab. Augenblicklich erscheint ein großer, schätzungsweise hundert Kilo schwerer, stämmiger Mann um die Vierzig im Raum. Er hat ganz kurze, schwarze Haare und ist an den Armen tätowiert. Er flößt mir mit seinem Erscheinungsbild sofort einen riesigen Respekt ein. »Begleite den Gentleman bitte nach Hause und sorge dafür, dass er keine Probleme mehr macht.« Carlos nickt und bindet James, ohne ein Wort zu sagen, los. In der Sekunde, als James nicht länger an den Stuhl gefesselt ist, stürmt er sofort auf Brian zu, doch Carlos reißt ihn zurück, schmeißt ihn zu Boden und richtet eine Waffe direkt auf James' Kopf. Panisch löse ich mich von Brian, der fest einen Arm um meine Taille gelegt hat und will mich instinktiv vor James stellen. Doch Brian zieht mich grob zurück. Mein Herz hämmert wie verrückt. »Was soll das Marissa?« Sein Entsetzen wirkt aufrichtig. Ich kann nicht fassen wie krank, wie ernsthaft gestört dieser Mann ist. Wieso habe ich all die Jahre nie bemerkt, was für ein Psychopath er ist? Aber jetzt ist nicht der richtige Zeitpunkt, mich damit auseinander zu setzen. »Dieser Idiot ist doch schon gestraft genug, weil ich ihn die ganze Zeit nur ausgenutzt habe. Lass uns wegen ihm keine Dummheit begehen«, rede ich mich mit zittriger Stimme raus und spüre, wie mir bei diesen verlogenen Worten Galle hochkommt. Ich möchte weinen und schreien, mit James nach Hause gehen und diesen Tag ungeschehen machen. Doch das kann ich nicht. Ich traue mich nicht James' Blick zu begegnen, viel zu groß ist die Gefahr, dass ich augenblicklich in Tränen ausbrechen werde. Brian grinst mich voller Stolz an und küsst mich auf die Stirn. Angeekelt unterdrücke ich ein Würgen. »Bring ihn weg!«, befiehlt Brian an Carlos gerichtet. Verzweifelt sehe ich James kurz an und schließe bittend die Augen. Carlos zerrt ihn hoch und diesmal kommt er ohne Gegenwehr mit. »Aber du tust ihm nichts«, rufe ich ihm hinterher, streng darauf bedacht, mir meine Sorge in der Stimme nicht anmerken zu lassen. Carlos dreht sich zu mir und grinst abwertend. »Ein Mord ist nicht im Preis inbegriffen.« Er zwinkert mir hochnäsig zu und verlässt, mit James im Schlepptau, das Gebäude. Sichtlich zufrieden legt Brian erneut einen Arm um mich. »Gehen wir nach Hause.«

Voller Ekel nicke ich ihm zu und setze ein falsches Lächeln auf.

Es ist halb zwei morgens, als Brian und ich im Apartment ankommen. Ich fühle mich wie in Trance, will nicht wahrhaben, dass *DAS* meine neue, alte Realität sein soll. Im Apartment hat sich nichts verändert, abgesehen davon, dass es hier vor Unordnung strotzt. Die altbekannte Einrichtung, der hässliche, rotbraune Orientteppich im Wohnzimmer, sogar der Geruch, alles ist so, wie ich es in Erinnerung hatte. *Mein eigenes Gefängnis.* »Gehen wir ins Bett, Marissa«, säuselt Brian und nimmt mir meinen Mantel ab. Was für ein abartiges Spiel treibt er mit mir? Zärtlich streift er mit seinen Fingern über meine Oberarme und rückt näher an mich ran. »Ich bin ganz schön müde«, sage ich und schenke ihm ein entschuldigendes Lächeln. Voller Anspannung balle ich meine Hände zu Fäusten und bete innerlich, dass mich dieser Mistkerl nicht anfasst. Ich spüre seinen eindringlichen Blick auf mir ruhen, sehe ihn aber nicht an. »Na gut, schlafen wir.« Innerlich seufze ich vor Erleichterung auf. Dann machen wir uns auf dem Weg ins Schlafzimmer. Meine Beine fühlen sich so schwer wie Blei an, ich kann es nicht fassen, dass ich wieder hier, bei ihm, angekommen bin.

Steifbeinig lege ich mich ins Bett und Brian legt sich prompt dazu. Ich bin in meiner eigenen kleinen Hölle angekommen, schon wieder. Verzweifelt schließe ich die Augen, um zu verhindern, dass sich meine mühsam unterdrückten Tränen einen Weg nach draußen suchen. Wo ist James? Geht es ihm gut? Was, wenn dieser Carlos ihm etwas angetan hat? Sofort versuche ich diesen grausamen Gedanken zu verbannen. Ich muss hier raus, muss mich vergewissern, dass es ihm gut geht. Der Gedanke an James ist das Letzte, was ich bewusst wahrnehme, bevor ich in einen kurzen, unruhigen Schlaf sinke.

Als ich meine Augen öffne, ist es noch immer dunkel. Ich brauche etwa fünf Sekunden, um zu realisieren, wo ich bin. Niedergeschmettert stelle ich fest, dass es kein Traum war, ich bin tatsächlich in Brians Schlafzimmer. Behutsam drehe ich mich ein Stück zur Seite, um zu überprüfen, ob Brian schläft. Da er mit dem Rücken zu mir gewandt liegt, kann ich es nicht mit Gewissheit erkennen. Er atmet ruhig und gibt leise Schnarchgeräusche von sich. Vorsichtig setze ich mich auf und ziehe in Erwägung, einfach aus der Tür zu stürmen und so schnell ich kann loszurennen. Mein Herz schlägt mir bis zum Hals und mein Puls dröhnt mir so laut in den Ohren, dass ich Angst habe, dass Brian jede Sekunde davon aufgeweckt wird. Meinen Befürchtungen zum Trotz, schleiche ich mich bis zur Tür und drücke mit angehaltenem Atem leise die Klinke herunter. Sie ist verschlossen. Verzweifelt lehne ich meine Stirn gegen die Tür und unterdrücke ein Schluchzen. Auf Zehenspitzen schleiche ich mich zur Garderobe und taste Brians Jacke ab. Im Inneren seiner Tasche ertaste ich eindeutig ein Handy. Ohne zu zögern greife ich es mir und gehe beinahe lautlos ins Bad. Sicherheitshalber lehne ich die Badezimmertür nur an, damit ich sofort höre, falls Brian sich regt. Ich setze mich vor die Duschkabine und wähle angespannt James' Nummer. Direkt nach dem ersten Tuten meldet er sich. »Marissa?«, fragt er besorgt. Es ist so schön seine Stimme zu hören. »James, es tut mir so leid. Ich bin so unendlich froh, deine Stimme zu hören«, schluchze ich. »Marissa, wo bist du?« Ich brauche einen kleinen Augenblick, um mich zu sammeln, ehe ich antworte. »Bei Brian. Nichts von dem, was ich gesagt habe, ist wahr James. Ich liebe dich und ich hätte alles getan, damit er dir nichts antut.«

»Pssst«, unterbricht er mich. »Das weiß ich doch. Hör mir bitte aufmerksam zu. Ich mache mich jetzt auf den Weg zu dir und hole dich da raus.«

»Nein«, falle ich ihm lauter ins Wort, als ich vorhatte. Erschrocken presse ich mir die Hand auf den Mund und lausche mit angehaltenem Atem. Im Apartment ist alles ruhig. »Nein«, flüstere ich erneut. »Du hast gesehen, wozu Brian fähig ist. Ich habe Angst James, Angst, dass dir etwas passieren könnte.« Bei diesem Gedanken spüre ich, wie mir Tränen die Wange runterrinnen. »Glaubst du, ich lasse dich noch eine weitere Sekunde bei diesem Psychopathen?«, zischt er mit zusammengebissenen Zähnen. »Er wird mir nichts tun«, versuche ich ihn zu beruhigen. Zumindest nichts, was mein Leben beenden könnte, denke ich angeekelt und rufe mir in Erinnerung, wie er mich vorhin angefasst hat. »Morgen, wenn er in die Firma fährt, komme ich zu dir und wir hauen ab. Bitte James, wir dürfen heute nichts mehr riskieren.« Ich kann meine Panik in der Stimme kaum verbergen. »Marissa«, knurrt er aufgebracht. »Bitte. Bitte lass nicht zu, dass dir etwas zustößt, James. Ich kann auf mich aufpassen, aber wenn dir etwas geschieht, dann will ich nicht mehr weiterleben. Es ist mein Ernst, ich würde lieber sterben, als auch nur einen Tag mit der Gewissheit zu verbringen, dass dir etwas zugestoßen ist.« Ich schließe die Augen und lehne meinen Nacken an die kühle Duschkabinentür. Die Wahrhaftigkeit meiner Worte wird mir erst bewusst, nachdem ich sie laut ausgesprochen habe. Ich *kann* ohne ihn nicht leben, schon gar nicht, wenn ihm meinetwegen etwas passieren würde. »Ich werde mich sofort vor deinem Apartment auf die Lauer legen. Sobald dieser Scheißkerl das Haus verlässt, hole ich dich da raus und bringe dich soweit es geht von hier weg.« Ich atme erleichtert aus. »Ich liebe dich, Marissa. Erst durch dich hat mein Leben wieder einen Sinn und ich werde *alles* dafür tun, um dich in Sicherheit zu bringen. Hörst du?« Geistesgegenwärtig knete ich den Stein an meiner Kette. »Ich weiß... Ich lege jetzt lieber auf, bevor Brian aufwacht«, sage ich frustriert. »Ich liebe dich. Wir sehen uns in ein paar Stunden«, wispere ich und lege widerwillig auf. Bevor ich mich wieder ins Bett lege, schleiche ich zurück und verstaue das Handy in Brians Tasche. Irgendwie ist es tröstlich James in meiner Nähe zu wissen. Mit geschlossenen Augen plane ich den morgigen Tag und bete, dass alles reibungslos abläuft.

Brian räkelt sich verschlafen neben mir. Ich habe die restliche Nacht wachgelegen, stelle mich aber weiterhin schlafend. Als ich höre, wie Brian ins Bad verschwindet, hoffe ich inständig, dass er sich für die Arbeit fertig macht. Keine zehn Minuten später erscheint er wieder im Schlafzimmer und streicht mir über den Rücken. Bei dieser Berührung mache ich mich innerlich ganz steif. »Marissa, aufwachen«, säuselt er. Sofort drehe ich mich zu ihm herum und versuche angestrengt in meiner Rolle zu bleiben. »Guten Morgen«, sage ich und setze mich auf. »Soll ich uns Kaffee machen?« Er sieht mich anerkennend an. »Du weißt genau, was ich jetzt nötig habe«, antwortet er und sieht mich lüstern an. Ich spüre Panik in mir aufsteigen, wehre mich aber mit aller Kraft, diese die Oberhand gewinnen zu lassen. Angestrengt ringe ich mir ein aufgesetztes Lächeln ab. »Dann gehe ich schnell ins Bad und danach mache ich uns Kaffee«, weiche ich aus und verschwinde sofort ins Badezimmer. Mit geschlossenen Augen lehne ich mich mit dem Rücken gegen die Tür und unterdrücke ein Schluchzen. Wie soll ich diesen Morgen nur überstehen? *Wenn ich nur noch ein paar Stunden durchhalte, habe ich es geschafft,* versuche ich mir beruhigend einzureden. Einige Minuten später setze ich mich zu Brian in die Küche an den Frühstückstisch. Er sitzt mir direkt gegenüber und liest mit ernster Miene seine Zeitung. »Kaffee?«, frage ich und nehme die Kanne vom Tisch, um ihn einzuschenken. Er sieht mich skeptisch an und nickt. »Ich habe mir die Woche frei genommen, um etwas mehr Zeit für dich zu haben«, verkündet er und sieht mich gespannt an. Mein Magen fühlt sich schlagartig so an, als hätte mir jemand einen gewaltigen Tritt verpasst. Mit zitternden Händen stelle ich die Kaffeekanne wieder an ihren Platz. »Freust du dich nicht?«, fragt Brian gereizt, in seinem Unterton schwingt etwas Bedrohliches mit. Einen Augenblick bin ich unfähig etwas zu sagen, doch dann reiße ich mich zusammen und lächle ihn so glaubwürdig wie es mir möglich ist, an. »Doch, natürlich«, sage ich mit Unschuldsmiene. Meine Gedanken überschlagen sich regelrecht. Wie soll ich hier rauskommen, wenn Brian mich keine Sekunde aus den Augen lässt? Wie kann ich James erreichen, um ihn zu sagen, was für ein Wahnsinn hier vor sich geht? »Dann haben wir etwas Zeit, um verpasstes nachzuholen«, sagt Brian in meine Gedanken hinein und grinst mich schmierig an. Ich merke, wie sich mir die Nackenhaare aufstellen, es ist das gleiche Grinsen das er aufgelegt hatte, als er zugab, mich betrogen zu haben. Ein Grinsen, das mir seine Macht demonstrieren soll. »Ich muss kurz ins Bad«, sage ich entschuldigend und stehe auf. Tränenblind husche ich ins Badezimmer, schnappe mir ein Handtuch vom Wäschekorb und presse es mir ins Gesicht, damit ich keinen Laut von mir gebe. »Ich schaffe das nicht, ich kann das nicht, ich ertrage das nicht«, hauche ich beinahe lautlos in das Handtuch, während ich meine Tränen ungehindert fließen lasse. Ich weiß ganz genau, dass wenn ich heute nicht verschwinde, mir Brian nie mehr eine Möglichkeit geben wird, hier wegzukommen.

»Was machst du so lange da drin?«, fragt Brian durch die geschlossene Tür. »Ich komme sofort«, rufe ich und hoffe, dass Brian nicht merkt, dass ich geweint habe. Dann höre ich, wie er sich aus dem Flur entfernt. Eilig halte ich meine Hände unter kaltes Wasser und lege sie mir vorsichtig auf die Augen. Diesen Vorgang wiederhole ich so oft, bis sich die Rötung vom Weinen weitgehendst gelegt hat. Bevor ich das Bad verlasse, werfe ich einen Blick in den Spiegel und nicke meinem Spiegelbild ermutigend zu. Ich werde noch nicht aufgeben, ich werde einen Weg finden, diesem Irrsinn zu entkommen.

Mittlerweile dämmert es und ich bin noch immer planlos bei Brian. Wir haben die letzten Stunden damit verbracht zu kochen, dann hat er zu Abend gegessen und ich habe ihm brav seinen Kram hinterher geräumt, ganz wie in alten Zeiten. Danach haben wir uns auf Brians Wunsch einige DVDs angesehen, während ich verzweifelt versuchte, mir meine Nervosität und mein Unbehagen nicht anmerken zu lassen. Ich komme mir vor wie in einem schlechten Film. Wiederholt hat er seinen Arm um mich gelegt und versucht mir näher zu kommen, doch glücklicherweise habe ich es bis jetzt geschafft, mich jeden seiner Annäherungsversuche geschickt zu entziehen. »Zeit fürs Bett«, sagt Brian und hievt mich von der Couch. Als er meine Hände berührt, überkommt mich ein Gefühl des Ekels. »Es ist noch gar nicht dunkel«, entgegne ich ausweichend und lasse seine Hand los. »Ich will auch nicht schlafen«, raunt er und umfasst mein Kinn. Angestrengt versuche ich, meinen Ekel zu verbergen und denke fieberhaft nach, wie ich mich aus der Atmosphäre ziehen kann. »Was ist?«, fragt Brian gereizt und taxiert mich. »Geh schon mal vor, ich würde mich nur gern noch etwas Zurecht machen«, lüge ich um Zeit zu gewinnen. Er grinst zufrieden und steuert das Schlafzimmer an. »Lass mich nicht zu lange warten, Baby«, ruft er mir mit forderndem Unterton hinterher. Sobald er aus meinem Sichtfeld verschwunden ist, laufe ich wie ein aufgescheuchtes Huhn durch den Raum. Was soll ich nur tun? Als ich im Türrahmen stehen bleibe, fällt mein Blick auf den Schlüsselkasten. Leise schleiche ich mich in den Flur und nehme geistesgegenwärtig den Schlafzimmerschlüssel heraus. Dann tapse ich auf Zehenspitzen den Flur entlang und bleibe vor der geöffneten Schlafzimmertür stehen. Ich sehe Brian mit den Rücken zu mir gewandt hinten am Kleiderschrank stehen. Er tippt hastig an seinem Handy herum und hat mich scheinbar noch nicht bemerkt. Das ist meine Chance! Mit angehaltenem Atem ziehe ich die Tür kaum hörbar zu, stecke mit zitternden Fingern den Schlüssel ins Schloss und drehe ihn herum. Wenige Sekunden später drückt Brian die Klinke hektisch rauf und runter. »Marissa, mach sofort die scheiß Tür auf!«, brüllt er und klopf mit den Fäusten dagegen. Erschrocken und mit rasendem Herzschlag starre ich auf die erbende Tür. Entschlossen renne ich zur Apartmenttür um zu fliehen, doch sie ist nach wie vor verschlossen. Panisch durchsuche ich Brians Jackentaschen, doch die Taschen sind leer. Geistesgegenwärtig stürme ich ins Bad und entdecke neben dem Wäschekorb Brians Jeans, die er gestern getragen hat. Brian tritt derweil immer heftiger gegen die Tür und schreit mich an. »Ich mach dich kalt, du elende Fotze. Warte ab, bis ich dich in die Finger kriege.« Meine Hände zittern so sehr, dass es mir nicht möglich ist, in die Hosentasche zu greifen. Hektisch schüttle ich die Jeans aus und prompt landet der rettende Schlüssel geräuschvoll auf den Fliesen. In Windeseile greife ich danach, renne in den Flur und öffne meine Gefängniszelle. Im selben Augenblick fliegt die Schlafzimmertür mit einem lauten Knall auf. Brian sieht mich wutentbrannt an. Starr vor Schreck stehe ich ungefähr drei Sekunden, die mir wie Stunden vorkommen, wie angewurzelt an der geöffneten Tür. Mein Herzschlag klopft so heftig gegen meinen Brustkorb, dass mir schwindelig wird. Doch dann spüre ich das Adrenalin durch meine Adern schießen und renne so schnell ich kann die Stufen herunter. Brian folgt mir mit hastigen Schritten und flucht irgendetwas unverständliches, doch ich versuche mich nicht davon einschüchtern zu lassen. Konzentriert achte ich nur darauf, nicht die Treppen hinunter zu fallen. Unten angekommen zerre ich völlig außer Atem die schwere Glastür auf und lande unsanft in der gepflasterten Einfahrt. Während ich panisch versuche aufzustehen, kommt Brian von hinten angerauscht, reißt mich hoch und zerrt mich zurück. Er greift mir wie einem unerzogenen Hund hart in den Nacken und schleift mich neben sich her. »Das ist dein Ende«, droht er mit zusammengebissenen Zähnen. »Eher deins«, ertönt eine mir sofort vertraute Stimme hinter mir. Brian hält mitten in der Bewegung inne und stößt mich mit aller Kraft zu Boden. Als er sich herumdreht, blickt er direkt in James' wutverzerrtes Gesicht. »Großer Fehler«, zischt Brian und geht wie von

Sinnen auf ihn los. Da James Brian körperlich um einiges überlegen ist, bleibt dieser unbeirrt stehen und setzt Brian lässig mit einem gezielten Schlag gegen den Kehlkopf außer Gefecht. Als Brian um Atem ringend in sich zusammensackt, stürmt James besorgt auf mich zu. »Bist du verletzt?«, fragt er und schaut mich aufmerksam an. Er streicht mir meine wirren Haare aus dem verschwitzen Gesicht und sieht mich schockiert an. »Du blutest.« Verwundert fasse ich mir an die Stirn und sofort durchzuckt mich ein brennender Schmerz. »Das ist nichts. Bring mich einfach von hier weg, James.« Wie in einem alten Western, reißt er mit den Zähnen ein Stück seines Ärmels ab und drückt mir den Kleidungsfetzen gegen die Stirn. »Draufdrücken«, weist er mich an und hebt mich in seine Arme. Er trägt mich bis zu seinem Motorrad und stellt mich dann sanft auf die Füße. »Steig auf«, sagt er, setzt mir seinen Helm behutsam auf und legt seine Jacke über meine Schultern. Als ich hinter ihm Platz nehme fährt er unverzüglich los. »Wo fahren wir hin?«, frage ich verwundert, als James eine Richtung ansteuert, die mir unbekannt ist. »In ein Hotel«, sagt er knapp und fährt eine Auffahrt hoch. Als wir am kleinen Hotelgebäude angekommen sind, stellt er sein Motorrad ab und sieht mich beklommen an. Einfühlsam legt er einen Arm fest um meine Taille, als er bemerkt, dass ich am ganzen Körper zittere wie Espenlaub. Am liebsten würde ich mich einfach in seinen Armen niederlassen, ihn küssen, umarmen, ihm irgendwie ganz nah sein. Doch er geht mit zügigem Tempo voraus und zieht mich eilig mit.

Das Zimmer ist keine Suite, aber durchaus gemütlich. Der Teppich und die Möbel sind in sanften Brauntönen gehalten, auf der schmalen Kommode neben der Tür stehen zwei kleine Kunstpflanzen, die in dem gedämpften Licht gut zur Geltung kommen. Nachdem James mir seine Lederjacke abgenommen hat und sie achtlos auf dem Bett abgelegt hat, schließt er mich ungestüm in seine Arme. Bereitwillig erwidere ich seine Umarmung und presse mein Gesicht an seine Brust. Ich höre seinen raschen Herzschlag unter dem Hemd pulsieren. Er legt seine Hände an meine Wangen und sucht meinen Blick. »Ich hatte eine scheiß Angst um dich«, flüstert er und lehnt seine Stirn an meine. »Mir geht es gut James. Endlich bin ich wieder bei dir.« Zaghaft streiche ich ihm durch sein widerspenstiges Haar und hauche ihm einen zarten Kuss auf den Hals. Mein Blick bleibt an seiner Wunde hängen und ich bekomme bei der Erinnerung an diese Nacht prompt eine Gänsehaut. Vorsichtig zeichne ich die

Verletzung mit dem Zeigefinger nach und stelle beruhigt fest, dass der Schnitt schon am verheilen ist. »Wie konnte Brian dich überhaupt überwältigen?«, schluchze ich.
Erst in diesem Augenblick bemerke ich meine herunterlaufenden Tränen. James streicht mir zärtlich mit der Hand über die Wange, doch sein Ausdruck in den Augen ist hart.
»Brian hatte zwei Schlägertypen dabei. Ich wollte gerade aus dem Wagen ein paar Farbeimer holen, als ich von hinten niedergeschlagen wurde.« Er spannt seinen Unterkiefer an und mahlt mit den Zähnen. »Als ich wieder zu mir kam, war ich schon an diesen beschissenen Stuhl gefesselt. Ich habe gesehen, wie Brian diese Männer bezahlt hat, dann ist einer von denen abgerauscht und dieser Fettsack hat vor der Tür Schmiere gestanden.« Widerwillig stelle ich mir vor, was James ertragen musste und lasse mich einfach auf den Boden sinken. Ich umklammere meine eng angewinkelten Knie und wippe apathisch vor und zurück. James hockt sich vor mich und streicht mir behutsam durch die Haare. Dann hebt er mich ohne Mühe in seine Arme und trägt mich zum Bett. Eng an ihn geschmiegt lasse ich meinen Tränen freien Lauf. »Es tut mir so leid, es tut mir so leid...«, flüstere ich immer wieder und kralle mich an seinem Hemd fest.

»Ssshhht.« Beruhigend streicht er mit seiner Hand meinem Arm auf und ab. Eine ganze Weile liegen wir einfach nur so da, ganz nah beieinander. Nach einer langen Zeit der Stille setze ich mich allmählich auf und sehe ihn gefasst an.

»Was machen wir denn jetzt?«, frage ich ihn und kann meine Verzweiflung kaum verbergen. Er legt den Kopf ein wenig schief und grinst mich stirnrunzelnd an.

»Als erstes müssen wir dir etwas zum Anziehen besorgen«, sagt er und blickt auf meine schmutzigen Socken. Er jetzt realisiere ich, dass ich ohne Schuhe und ohne Jacke herausgestürmt bin. Müde verziehe ich mein Gesicht zu einem Grinsen. »Und was Brian angeht, da werde ich mir schon etwas einfallen lassen«, fügt er mit unheilvollem Unterton hinzu. Er zieht mich erneut in seine Arme und legt eine hellbraune Decke um mich. »Schlaf ein wenig Marissa.« Ich schüttle den Kopf. »Bitte. Du bist in Sicherheit, dir kann nichts mehr passieren. Du solltest unbedingt ein bisschen schlafen«, sagt er und sieht sorgenvoll zu mir herunter. Ich schmiege meine Nase an seinen Hals und atme seinen beruhigenden Duft ein. Ich bin so unendlich erleichtert und dankbar, jetzt wieder hier bei ihm zu sein. Entkräftet schließe ich meine Augen und verschränke meine Finger mit seinen. Ohne es zu wollen merke ich, wie mich die Müdigkeit übermannt und gebe diesem Gefühl, sicher in James' Armen zu sein, einfach nach.

Als ich am nächsten Morgen schwermütig meine Augen öffne, stelle ich fest, dass die Betthälfte neben mir leer ist. »James?«, rufe ich unbehaglich. Keine Antwort. Hektisch stehe ich auf und werfe einen Blick ins Bad. Von James keine Spur. Seine Lederjacke und seine Schuhe sind weg, schlagartig zieht sich mir der Magen zusammen. Ich setze mich auf die Bettkante und atme angestrengt in meinen Bauch hinein. Plötzlich rüttelt es kurz an der Tür, die sich einige Sekunden später öffnet. James betritt das Zimmer und sieht mich überrascht an. »Du bist schon wach?«, fragt er und stellt drei große Plastiktüten vor sich ab. Völlig entgeistert sehe ich ihn an. »Ich bin aufgewacht und du warst nicht da«, hauche ich um Fassung ringend. Als er meinen aufgelösten Gesichtsausdruck deutet, kommt er eilig auf mich zu und setzt sich zu mir aufs Bett. »Ich habe dir nur etwas zum Anziehen besorgt«, sagt er entschuldigend und legt einen Arm um mich. Ich schniefe kurz, wische mir eine Träne von der Wange und beschließe, mich zusammen zu reißen. »Oh Marissa, ich wollte nicht, dass du dir Sorgen machst. Hätte diese Praktikantin sich an der Kasse etwas mehr beeilt, wäre ich schon wieder zurück gewesen, bevor du aufgewacht wärst«, sagt er und verzieht seinen Mund zu einem bedauernden Grinsen. »Schon okay. Das gestern war einfach zu viel«, murmle ich an seine Schulter gelehnt.

»Was hast du denn mitgebracht?«, frage ich und werfe neugierig einen Blick zu den Einkaufstüten. James steht auf und zieht eine dicke, dunkelblaue Jacke und etliche Oberteile, sowie einige schwarze Leggings aus der Tasche. Dann kippt er die anderen beiden Tüten auf dem Bett aus und es kommen unzählige Pantys, Socken und ein paar bequeme Sneaker zum Vorschein. Erstaunt hebe ich meine Augenbrauen und grinse ihn überrascht an. »Das hast du alles für mich gekauft? Woher kennst du denn meine Kleidergröße?«, frage ich und sehe ihn staunend an. Er legt den Kopf ein wenig schief und sieht mich wissend an. »Kleinste Damengröße, das sieht man doch. Aber die Schuhgröße ist nur geraten«, lacht er. Ich drehe einen Schuh um und werfe ihm einen anerkennenden Blick zu. »Gut geraten«, sage ich beeindruckt. James grinst mich liebevoll an und gibt mir einen zärtlichen Kuss. »Wie soll es jetzt weitergehen?«, frage ich ihn betrübt und die Atmosphäre um uns herum wird schlagartig ernst. »Wir wohnen vorerst bei meiner Mom«, sagt er entschieden und sieht mich prüfend an. Ich runzle die Stirn und drehe nervös eine meiner Haarsträhnen um den Zeigefinger. »Ist sie denn einverstanden? Weiß sie über all das Bescheid?«, frage ich argwöhnisch. James weicht meinem Blick aus und schaut starr aus dem Fenster. »Zieh dich an, dann fahren wir los.«, sagt er kurz angebunden. »Kann ich vorher noch duschen?«, frage ich mit unruhiger Stimme. Wieso weicht er mir so plötzlich aus? Ich rufe mir in Erinnerung, wie ich ihn schon einmal fragte, ob ich seine Mom mal kennenlernen dürfte und wie harsch er dies verneinte. Mein Instinkt rät mir, vorerst nicht weiter nachzufragen. Er wird schon seine Gründe haben diesem Thema immer auszuweichen und ich möchte ihn nicht bedrängen. Gewiss ist der Besuch bei seiner Mom aufschlussreicher, als sein Schweigen. »Ja, sicher«, sagt er und lächelt mich schief an. Ich nehme mir einige Kleidungsstücke vom Bett, drücke James einen sanften Kuss auf seine stoppelige Wange und verschwinde ins Bad.

»Ich wusste gar nicht, dass deine Mom noch immer hier wohnt«, sage ich erstaunt und reiche James meinem Helm. Er parkt sein Motorrad in einer gepflegten Reihenhausgegend und sieht sich mit schmerzerfülltem Blick um. Ich kenne diese Gegend flüchtig, es ist der Ort, den James mir damals zeigte, als er mir erzählte, was mit seinem Dad passiert ist. Nur das wir nicht hier, sondern auf der anderen Seite des Wassers waren. »Tut sie auch nicht«, entgegnet er leise. »Ich bringe deine Sachen eben ins Haus, dann gehen wir zu meiner Mom.« Er verschwindet kurz im Hauseingang und ist einige Sekunden später wieder bei mir. Er legt seinen Arm um meine Taille und führt mich mit ruhigen Schritten einen kleinen Kiesweg entlang. »Ich dachte, wir ziehen zu deiner Mom«, sage ich verwirrt und sehe ihn fragend an. Ohne mir zu antworten gehen wir einige Minuten schweigsam nebeneinander her. Ich begutachte die unzähligen Gänseblümchen am Wegesrand und denke angestrengt nach, wo James mich hinführt. Vor uns ist ein großes, grünes Tor, das James zielorientiert ansteuert. Als wir noch einige Schritte weiter gehen, erkenne ich sofort, wieso es hier so still und friedlich ist. Wir befinden uns mitten auf einem Friedhof. Noch ehe ich etwas sagen kann, bleibt James abrupt vor einem kleinen, bräunlichen Marmorgrabstein mit der Aufschrift *„Mary Evans"* stehen. Verständnislos schaue ich zu ihm auf und bekomme bei seinem Anblick sofort eine Gänsehaut. »Darf ich dir meine Mom vorstellen?«, fragt er im Flüsterton und hockt sich hin. Fassungslos knie ich mich neben ihm und ergreife seine Hand.

»Sie ist gestorben?«, frage ich atemlos. Er wirft mir einen beklommenen Blick zu und nickt kaum merklich. »Was ist passiert?«, flüstere ich mit angehaltenem Atem. Einen scheinbar unendlichen Augenblick ist er still, ehe er antwortet. »Sie hat sich umgebracht«, sagt er und sieht mich gequält an. Erschrocken schnappe ich nach Luft. »Sie kam mit der permanenten Angst nicht mehr zurecht. Selbst nachdem mein Vater nicht mehr da war, fühlte sie sich ständig verfolgt«, erklärt er mit monotoner Stimme. »Ich konnte *nichts* für sie tun.« Seine Stimme bricht und er lässt sich auf dem Boden nieder. Schwermütig setze ich mich neben ihn und schlinge ihm meine Arme um den Hals. James krallt sich in meinem Arm fest und schluchzt einmal hörbar auf. Mitfühlend streiche ich ihm durch sein widerspenstiges Haar und habe Mühe, nicht loszuweinen. Ihn so zu sehen bricht mir das Herz in eine Million Stücke. Mein starker, kämpferischer James. Ich fühle mich völlig hilflos und weiß, dass es nichts gibt, was ich sagen oder tun kann, um ihn von diesem Schmerz zu befreien. Nach einer Weile sieht er mich mitfühlend an. »Als ich dich das erste Mal sah, hattest du den gleichen Ausdruck in den Augen, den ich bisher nur von meiner Mom kannte«, bemerkt er beklommen. »Dieser Blick...«, er sieht mich aufgelöst an und schaut dann mit gerunzelter Stirn nachdenklich auf den Boden. »Ich konnte dich nicht einfach allein zurücklassen«, fügt er mit erstickter Stimme hinzu. Sprachlos von seinem Geständnis sehe ich ihn argwöhnisch an. »Also erinnere ich dich an deine Mom?«, frage ich gespannt und weiß nicht, was ich davon halten soll. Er grinst mich schief an. »So würde ich das nicht sagen. Dass du so unglücklich und schmerzerfüllt warst, hat auf jeden Fall meine Aufmerksamkeit auf dich gelenkt, aber verliebt habe ich mich in dich in dem Augenblick, als du mit deinen blauen Augen zu mir aufgeschaut und mich angeblafft hast.« Bei dieser Erinnerung schüttelt er den Kopf und versucht sich ein Lächeln zu verkneifen. Als sich unsere Blicke treffen, wird sein Ausdruck weich. Sofort schmiege ich mich an ihn und versuche herauszufinden, was ich von all dem halten soll. Selbst wenn ich ihn in irgendeiner Art und Weise an seine Mom erinnere, ist das doch nicht zwangsläufig etwas Schlechtes, oder? Aber hätte er sich auch in mich verliebt, wenn ich nicht so kaputt wäre? Als ob er meine Gedanken lesen könnte, umfasst er mein Kinn und sieht mich eindringlich an. »Egal wie die Umstände gewesen wären, ich hätte mich immer in dich verliebt, hörst du?« Er drückt mir einen sanften Kuss auf die Lippen, woraufhin ich ihn liebevoll anlächle. »Sollen wir zurückgehen?«, fragt er beiläufig. Ich nicke kurz. »In dem Haus ist viel zu tun, ich war schon ewig nicht mehr dort«, sagt er melancholisch und hilft mir auf. Bevor wir den Friedhof verlassen, pflücke ich spontan ein paar Gänseblümchen vom Wegesrand und lege sie sorgsam auf Mrs. Evans Grab. James sieht mich gerührt an und haucht mir einen zarten Kuss aufs Haar.

Bei James angekommen sehe ich mich interessiert um.
»Eine kleine Führung, Madame?«, fragt er und streckt mir einladend seine Hand entgegen. Lächelnd ergreife ich sie und nicke kurz. Das ganze Haus ist durchgehend mit weißen Fliesen ausgelegt, nur im Wohnzimmer und im Schlafzimmer liegen riesige, aprikosenfarbige Teppiche. Die Möbel sind in einem hellen Eichenholz gehalten, alles passt optisch einfach perfekt zueinander. Die Wände sind in einem zarten Gelbton gestrichen und werden mit unzähligen Bildern geschmückt. Interessiert bleibe ich vor einem der Fotos stehen und erkenne sofort James darauf. Er legt zaghaft einen Arm um eine zierliche, blonde Frau, die schüchtern in die Kamera lächelt. »Ist das deine Mom?«, frage ich und sehe ihn forschend an. Er nickt kaum merklich und steuert das Schlafzimmer im 1. Stock an, zurückhaltend folge ich

ihm. Mitten im Türrahmen bleibt er wie erstarrt stehen. »Ich habe dieses Zimmer seit jenem Tag nicht mehr betreten«, teilt er mir finster mit und dreht sich zu mir herum.
»James, wir müssen nicht hierbleiben. Es tut mir leid, dass du das alles wegen mir durchmachen musst.« Betrübt fasse ich an meine Kette und senke den Blick. James kommt schleichend auf mich zu und hebt zärtlich mein Kinn an. Als ich in seine blauen Augen schaue, erkenne ich, zu meiner Erleichterung, nicht die kleinste Spur von Trauer oder Leid.
»Es macht mir nichts mehr aus hier zu sein«, stellt er zufrieden fest und reibt mit geschlossenen Augen seine Nase an meine. Ich schenke ihm ein dankbares Lächeln und schlinge meine Arme um seine Taille. »Und was machen wir jetzt?«, frage ich und sehe mich planlos um. Er schließt die Schlafzimmertür und führt mich runter in die Küche. Er rückt mir einen Stuhl zurecht und bittet mich mit höflicher Miene Platz zu nehmen. »Wie wäre es für den Anfang mit Tee?«, fragt er mit einem schiefen Grinsen und stellt zwei große, buntgestreifte Tassen vor uns ab. Als er den Kessel mit Wasser befüllt, schaut eine ältere, grauhaarige Frau aufgeregt ins Fenster und winkt ihm freudig zu. Er hebt kurz die Hand und stellt den Kessel geräuschvoll auf die Spüle.

»Ich möchte dir jemanden vorstellen«, sagt er und greift nach meiner Hand. Überrascht gehe ich zügig neben ihm her und frage mich, wer die Dame wohl ist. Als wir nach draußen kommen, reicht James der älteren Dame freundlich die Hand. »Mr. Evans, wie schön Sie mal wieder hier zu sehen«, trällert sie vergnügt. »Oh, wer ist denn Ihre hübsche Begleitung?«, fragt sie und sieht mich herzlich an. Höflich strecke ich ihr meine Hand entgegen und stelle mich vor. »Marissa Harper, nett, Sie kennenzulernen.« Ich bemerke, wie mir augenblicklich die Röte ins Gesicht steigt. Mir war es schon immer unangenehm im Mittelpunkt zu stehen, daher trete ich behutsam einen Schritt zurück und blicke hilfesuchend zu James. »Mrs. Conray, Marissa ist meine Freundin, wir werden eine Zeit lang hier wohnen. Aber sagen Sie, wie geht es Ihrem Mann?«, fragt James interessiert und vermeidet es so geschickt, mehr über die Umstände unseres Einzugs preiszugeben. Ich kann dem Gespräch zwischen James und Mrs. Conray nicht folgen, da ich unweigerlich wieder daran erinnert werde, wieso wir überhaupt hier sind. Wie soll mein Leben, *unser* Leben, jetzt bloß weitergehen? Sollen wir uns für immer und ewig verstecken? Warum gehen wir nicht einfach zur Polizei? Besorgt sehe ich Mrs. Conray an, setze aber augenblicklich ein höfliches Lächeln auf, als sich unsere Blicke treffen.

»Dann sehen wir uns bestimmt öfter. Es war reizend, Sie kennenzulernen Mrs. Harper und schön, Sie mal wiederzusehen Mr Evans.«

Sie verlässt geruhsam das Grundstück und winkt uns freudestrahlend mehrfach zu. Als wir gemütlich zurück ins Haus schlendern, blickt James mich mit einem vielsagenden Lächeln an. »Mrs. Harper, ja?«, bemerkt er amüsiert. »Schön, dass ich nun endlich den Nachnamen meiner Freundin kenne.« Er fasst mir an die Taille und treibt mich kitzelnd vor sich her. Lauthals fange ich an loszukichern und versuche vergebens, mich seinen Händen zu entziehen.

»Neeeeiin, aufhören!«, kreische ich und drehe mich lachend zu ihm herum. Als ich auf der obersten der drei Stufen vor dem Haus stehen bleibe, befinden wir uns auf Augenhöhe. James sieht mich einladend an. »Wir sollten es uns drinnen langsam wohnlich machen«, bemerkt er, macht aber keine Anstalten reinzugehen. Ich schaue in sein makelloses Gesicht und küsse ihn ungestüm. Trotz der unschönen Ereignisse, die uns letztendlich hergebracht haben, bin ich unendlich froh, jetzt hier bei ihm zu sein. Wie sehr ich diesen Mann liebe, lässt sich mit Worten nicht annähernd beschreiben.

Nachdem wir es uns im Wohnzimmer auf der geräumigen Couch gemütlich gemacht haben, liegen wir schweigsam nebeneinander. Dass James nicht im Zimmer seiner Mom übernachten will, trifft bei mir auf vollstes Verständnis, ich selbst hätte es auch als ein wenig befremdlich empfunden. Es liegen ereignisreiche Tage hinter uns, was sich bei mir durch ein unfreiwilliges, viel zu lautes Gähnen bemerkbar macht. James sieht mich nachsichtig an und hebt seinen Arm, woraufhin ich mich bereitwillig mit dem Kopf auf seine Brust lege. Obwohl ich vollends erledigt bin, fahren meine Gedanken Achterbahn. Diese Unwissenheit wie es weitergeht, bringt mich schier um den Verstand. Gedankenverloren knibble ich mit meinem Daumennagel an der Schrift von James Shirt herum. Als er dieses bemerkt, hält er meine Hand fest und sieht mich verwundert an. »Wieso bist du so unruhig?«, fragt er und zieht skeptisch eine Augenbraue hoch. Ich runzle sorgenvoll die Stirn und stütze meinen Kopf mit der Hand. »Wie soll das alles nur weitergehen James? Ich möchte nicht ständig in der Angst leben, dass Brian uns irgendwo sieht. Wieso gehen wir nicht einfach zur Polizei?

Vielleicht können die uns helfen.« Er schnalzt missbilligend mit der Zunge und sieht mich entgeistert an. »Marissa, wir können natürlich tun, was du für richtig hältst, aber meiner Mom waren sie keine große Hilfe. Sie hatte sogar eine einstweilige Verfügung erwirkt, aber jedes Mal, wenn die Polizei anrückte, war mein Vater natürlich schon längst über alle Berge.« Ich atme deprimiert aus. »Aber wir können uns doch nicht ewig hier verstecken«, entgegne ich beunruhigt. James setzt sich mit einem bekümmerten Gesichtsausdruck auf. »Vorerst bleiben wir hier, der Rest ergibt sich mit der Zeit«, verspricht er und nickt mir aufmunternd zu. »Okay«, flüstere ich, schmiege mich erneut an ihn und schließe seufzend die Augen. Mir ist bewusst, dass James alles tun wird, damit weder ich noch er jemals wieder in so eine Situation kommen. Dennoch ist dieses große Fragezeichen der Ungewissheit, das wie ein Damoklesschwert über uns schwebt, beängstigend.

Ich spüre wie James seine Nase verschlafen an meinen Nacken reibt. Als er mich dabei mit seinem stoppeligen Bart streift, habe ich Mühe, mir ein Kichern zu verkneifen. Schläfrig wende ich mich ihm zu und schenke ihm mein strahlendes Lächeln. »Guten Morgen«, hauche ich und blicke in das Gesicht des Mannes, den ich liebe. Unvermittelt legt er sich auf mich und beginnt meinen Hals mit hauchzarten Küssen zu bedecken. Hingebungsvoll schließe ich meine Augen und genieße seine Berührungen. Ich vergrabe meine Hände tief in seinen Haaren und stöhne leise auf. Was für eine wundervolle Art, den Tag zu beginnen.

»Wow, was ist denn hier passiert?«, staunt James, als er mit den Einkäufen reinkommt. Verblüfft lässt er seinen Blick durch den Wohnraum schweifen und pfeift anerkennend. »Gefällt es dir?«, frage ich strahlend. Während James unterwegs war, habe ich mir die Freiheit genommen, hier etwas sauber zu machen. Als ich an dem kleinen Fenster im Flur vorbeikam, sind mir sofort die wunderschönen Blumen im Vorgarten aufgefallen. Daher habe ich mir erlaubt, einige gelbe und weiße Chrysanthemen sorgfältig zu schneiden und in eine Vase auf dem Tisch zustellen. Die Farbkombination der Blumen passen einfach perfekt ins Zimmer und lässt den Raum regelrecht erstrahlen. James stellt die Einkäufe in der Küche ab und kommt mit sanftem Blick auf mich zu. »Es sieht wunderbar aus, Marissa. Gleich viel wohnlicher, ich danke dir«, raunt er und streicht mir zärtlich über die Wange. »Was hältst du davon, wenn wir gemeinsam etwas kochen?«, fragt er und sieht mich mit einer Mischung aus Skepsis und Begeisterung an. »Aber nur, wenn ich nichts essen muss«, sage ich aus einem Reflex und beiße mir im selben Moment auf die Zunge. *Wieso habe ich das nur gesagt?* Mit einem beklemmenden Gefühl in der Kehle sehe ich ihn an, die ausgelassene Stimmung von gerade ist verflogen. James presst grimmig die Lippen aufeinander und geht schnurstracks in die Küche. Irritiert folge ich ihm und bleibe schweigend im Türrahmen stehen. Er verstaut aufgebracht die Lebensmittel und schaut verärgert zu mir herüber. »James...«, sage ich, doch er fällt mir harsch ins Wort. »Wenn du dich jetzt entschuldigst, Marissa ...« Er fährt sich entrüstet mit der Hand durch die Haare, geht verärgert auf und ab und lässt den Satz unbeendet im Raum stehen. Erschrocken über seinen Tonfall weiche ich einen Schritt zurück und schaue ihn unruhig an. Innerlich ärgere ich mich über meine grenzenlose Dummheit, aber es ist schwer, alte Gewohnheiten von jetzt auf gleich komplett abzulegen. Einlenkend gehe ich in die Küche und öffne, nach einer Pfanne suchend, die untersten Schränke. Als ich eine gefunden habe, tröpfle ich ein wenig Olivenöl in die Gusseisenpfanne und fange an, Selleriestauden, bunte Paprikaschoten, Zwiebeln und Champignons in kleine Stücke zu schneiden. Verblüfft bleibt James mitten im Zimmer stehen und sieht mich fragend an. »Reichst du mir den Frischkäse?«, frage ich und deute auf den kleinen Becher hinter ihm. Mechanisch reicht er mir das Behältnis und sieht mich verständnislos an. »Was?«, frage ich und rühre den Frischkäse samt Tomatenmark unters Gemüse. »Du wolltest doch kochen, also steh nicht einfach nur so da.« Ich sehe ihn belustigt an. Wortlos geht er zum Kühlschrank, greift nach einem Messer und beginnt, etwas Geflügel kleinzuschneiden. Als ich mit einem verstohlenen Blick zu ihm herüberblinzle sehe ich, dass er lächelt.

In einer behaglichen Stille sitzen wir am Küchentisch und essen. Ich kann mich nicht überwinden meinen Teller restlos zu leeren, aber mehr als die Hälfte habe ich geschafft. Zögerlich schiebe ich den Teller beiseite und blicke prüfend zu James. Sofort erwidert er meinen Blick und beugt sich mit dem Anflug eines Grinsens ein wenig zu mir herüber. Er greift über den Tisch nach meiner Hand und sieht mir eindringlich in die Augen. »Wieso fällt es dir so schwer zu essen?« Ein wenig überfordert von seiner Frage entziehe ich ihm meine Hand und zapple angespannt auf meinem Stuhl herum. Für diese Frage habe ich so viele Antworten im Kopf, dass ich nicht genau weiß, womit ich anfangen soll.

Vielleicht damit, dass Brian mich ständig wegen meiner damaligen runden Figur verspottete? Oder dass ich verzweifelt nach etwas im meinem Leben suchte, was mir Sicherheit gab? *Brillante Idee, einfach das essen einzustellen*, verspottet mich meine innere Stimme.

»Es gab eine Zeit, in der ich dick war, wirklich stark übergewichtig«, sage ich und sehe beschämt auf meine Hände. Sofort merke ich, wie mir eine leichte Röte ins Gesicht steigt. »Brian hat das abstoßend gefunden und mich ständig mit anderen Frauen verglichen, mir abwertende Seitenblicke zugeworfen, wenn ich aß. Irgendwann konnte ich dieses Gefühl nicht mehr ertragen und wollte die Kontrolle über meine Gefühle wiedererlangen, so fing alles an.« Verunsichert blicke ich zu ihm auf und sehe, dass er gedankenverloren nickt. »Ich lebte in einem ständigen Gefühl der Scham, selbst wenn es keinen erkenntlichen Anlass gab. Irgendwann habe ich mir selbst kaum mehr erlaubt etwas zu essen, denn mir ging es ja besser so und dann kam ich aus diesem Teufelskreis nicht mehr raus. Ganz schön stumpfsinnig von mir, was?« Ich sehe ihm verlegen in die

Augen. James nimmt erneut meine Hand und presst mir einen sanften Kuss auf den Handrücken.

»Du bist vieles Marissa, aber ganz sicher nicht stumpfsinnig«, sagt er aufrichtig.

»Danke, dass du mir das anvertraut hast. So fällt es mir gleich leichter zu verstehen, was in dir vorgeht.« Ich rutsche zu ihm herüber, setze mich auf seinen Schoß und lehne meinen Kopf an seinen. »Danke, dass du mich liebst«, flüstere ich und bemerke, wie wahr es ist. Ich bin unendlich dankbar, von ihm geliebt zu werden. Er legt seinen Kopf ein wenig schief und grinst mich an. »Es ist nicht schwer, dich zu lieben«, entgegnet er mit sanfter Stimme und küsst mich liebevoll.

Kapitel 11

Die letzten vier Wochen sind wie im Flug an mir vorbeigezogen. James und ich haben die meiste Zeit damit verbracht, uns um den vernachlässigten Garten zu kümmern, zu kochen, viele ausführliche Gespräche zu führen und Ausflüge zu unternehmen. Obwohl wir das Viertel nicht verlassen haben, kommt es mir vor, als wären wir im Urlaub gewesen. Ich fühle mich erholt und ausgeruht, ein Gefühl das ich schon lange nicht mehr so intensiv erleben durfte. Wir haben in der idyllischen Landschaft viele Spaziergänge gemacht und ich hatte glücklicherweise nur selten mit meinen gewohnten Ängsten zu kämpfen. Jedes Mal, wenn mich meine irrationale Angst übermannen wollte, stand James stets an meiner Seite und hat mich ermutigt, dagegen anzukämpfen und nicht aufzugeben. Es ist früher Nachmittag und ich sitze behaglich mit einer Wolldecke und einer Tasse Kräutertee auf der Couch. Als mein Handy aufleuchtet, zucke ich kurz vor Schreck zusammen. Obwohl Brian sich nicht mehr bei mir gemeldet hat, fährt mir jedes Mal ein Schauder über den Rücken, wenn ich einen Anruf oder eine SMS bekomme. Gespannt greife ich mit zittrigen Fingern nach meinem Handy und blicke neugierig auf das Display. Freudig stelle ich fest, dass es eine SMS von Ava ist und muss erleichtert lächeln. »Was ist so witzig?«, fragt James, als er den Raum betritt. Er steht in seiner mit Farbe befleckten, beigen Malerhose vor mir und streicht sich lässig sein widerspenstiges Haar aus dem Gesicht. »Wie ich sehe, hast du weiter an dem Gartenhäuschen gearbeitet«, bemerke ich und sehe ihn neckisch an. Er verzieht seinen Mund zu diesem arroganten Grinsen das ich so liebe und kommt schleichend auf mich zu. Zärtlich streicht er mir über die Wange und hinterlässt spitzbübisch etwas Farbe auf meiner Haut. »Hey«, lache ich protestierend und reibe mir mit der Hand übers Gesicht. Er setzt sich neben mich und küsst mich liebevoll aufs Haar. »Wer hat dir geschrieben?«, fragt er und deutet mit einer vagen Kopfbewegung auf mein Handy. »Ava, sie hat geschrieben, dass sie sich gut eingelebt hat und ich ihre Pflanzen nicht vergessen soll«, sage ich und rolle amüsiert mit den Augen. »Ich muss dringend in Avas Wohnung.« Entschuldigend sehe ich ihn an. »Wir haben von Brian schon seit Wochen nichts mehr gehört und ich will auch gar nicht lange bleiben. Aber ich habe es ihr versprochen.« Ich greife mit einem bittenden Blick nach seiner Hand. Er sieht mich eine Weile nachdenklich an und nickt kaum merklich. »Okay, ich ziehe mich nur kurz um und dann können wir fahren«, sagt er und zuckt mit den Schultern. Als er aufsteht befreit er sich von seiner Hose, zieht sein Shirt aus und wirft es frech in meine Richtung. »Ich vermute, du könntest auch eine Dusche vertragen«, sagt er schelmisch und deutet auf den Farbklecks in meinem Gesicht. Ich mustere seinen nackten Oberkörper etwa drei Sekunden lang und beschließe lächelnd, dass er mit seiner Vermutung absolut Recht hat.

Als wir vor Avas Wohnung parken, überkommt mich ein ungutes Gefühl. Irgendwie fühle ich mich urplötzlich beobachtet, möchte mich von meiner Paranoia aber nicht beeinflussen lassen. Dennoch blicke ich mich prüfend um und greife beklommen nach James' Hand. »Alles okay?«, fragt er in meinen besorgten Gesichtsausdruck hinein. Ich nicke angestrengt und versuche, mir meine Besorgnis nicht anmerken zu lassen. »Als wir letzte Woche unsere Sachen aus meinem Apartment geholt haben, warst du nicht so hibbelig«, stellt er fest und legt die Stirn in Falten. »Es ist alles in Ordnung«, sagt er entspannt. Ich nicke zustimmend, hole den Wohnungsschlüssel aus meiner Tasche und öffne uns die Tür. Als wir die Wohnung betreten, überkommt mich sofort das dringende Bedürfnis, hier mal ein Fenster aufzumachen. Empört blicke ich mich im Wohnraum um und

schaue James fassungslos an. »Die sind alle vertrocknet«, rufe ich aus und halte ihm einen Blumentopf mit einer völlig verwelkten Hortensie als Beweis unter die Nase. Amüsiert über meine Entrüstung lacht er einmal kurz auf. »Das bekommen wir wieder hin.«, sagt er gelassen und setzt seinen überheblichen Gesichtsausdruck auf. »Und wie?«, frage ich piepsig. »Blumenerde«, sagt er, als würde das alles erklären. Verwirrt runzle ich die Stirn und sehe ihn verständnislos an. »Ich muss die Pflanzen nur umtopfen und dafür brauche ich einfach ein wenig frische Erde«, lacht er. Wie ferngesteuert gehe ich in den Flur und öffne die Kammertür. James folgt mir und wirft einen anerkennenden Blick in die Regale. Die Kammer beinhaltet Pflanzenerde, diverse Blumentöpfe aller Art in verschiedensten Farben und Formen, Dünger und sogar speziell entkalktes Gießwasser. »Wow, sie scheint wirklich an ihren Pflanzen zu hängen«, sagt er beeindruckt und schüttelt belustigt den Kopf.
»Ja, Pflanzen sind ihre Kinder«, erkläre ich ein wenig amüsiert. Er greift in das oberste Regal und schlendert mit dem Beutel Blumenerde an mir vorbei. Dann nimmt er die ausgetrocknete Hortensie, löst die Wurzeln vorsichtig aus dem roten Blumentopf und befüllt ihn mit neuer Erde. James wirft mir einen amüsierten Blick zu, den ich leicht verwirrt

erwidere. »Maler, Hobbygärtner...was gibt es sonst noch über dich zu wissen?«, frage ich und kichere.

»Ich habe viele Fähigkeiten, Sweetheart.« Er wirft mir einen verruchten Blick zu und topft gekonnt die Hortensie um. »Mein Held«, sage ich lachend und küsse ihn flüchtig auf den Mund.

Wieder im Haus angekommen fühle ich mich auf der Stelle eigenartig. Verunsichert schaue ich aus dem Fenster, doch in der friedlichen Gegend ist wie gewohnt nichts Außergewöhnliches zu sehen. James schleicht sich von hinten an mich heran und schlingt seine Arme um meine Taille. »Wen spionierst du da aus?«, fragt er scherzhaft und drückt mir einen Kuss in den Nacken. »Hast du das Gefühl, dass uns jemand gefolgt ist?«, frage ich geradeaus und sehe weiter achtsam aus dem Fenster. »Nein«, sagt er verblüfft und sucht meinen Blick. Ich sehe ihm ernst in die Augen und suche nach den richtigen Worten, um nicht wie eine komplett Wahnsinnige vor ihm dazustehen. »Direkt als wir uns Avas Wohnung genähert haben, bekam ich dieses beklemmende Gefühl. Ich dachte erst, ich bilde mir nur etwas ein, aber ich werde den Eindruck nicht los, dass uns jemand beobachtet, James.« Etwas durcheinander schaut er aus dem Fenster und setzt seinen nachdenklichen Gesichtsausdruck auf. Dann atmet er einmal hörbar aus und schließt die Augen. »Wir gehen von hier fort«, beschließt er. Überrascht schießen meine Augenbrauen in die Höhe. »Fort? Wohin denn?«, frage ich verdutzt. »Vielleicht reagiere ich auch einfach nur über, James.« Verunsichert zucke ich mit den Schultern. Unruhig tigert er durch das Wohnzimmer und sieht regelrecht verzweifelt aus. Ich stelle mich vor ihm, damit er stehen bleibt und sehe ihn irritiert an.

»Was ist denn los? Habe ich etwas Falsches gesagt?«, frage ich mit unüberhörbarer Verunsicherung in der Stimme. Gequält sieht er zu mir herunter. »Meine Mom...«, flüstert er und weicht meinem Blick aus. »Sie hat sich auch ständig beobachtet gefühlt und als sie es nicht mehr ausgehalten hat, da...« Er lässt den Satz unbeendet im Raum stehen und schaut mich verlegen an. »James«, hauche ich und vergrabe mit geschlossenen Augen meine Hände in seinem Haar.

»Das kannst du doch gar nicht miteinander vergleichen. Wahrscheinlich stehe ich nur unter Stress, die letzten Wochen waren einfach sehr nervenaufreibend. Ich möchte dir keinen Kummer machen und ich würde dich nie verlassen.« Ich reibe meine Nase an seiner und sauge den wundervollen Duft seiner Haut ein. »Niemals«, flüstere ich nachdrück-

lich. Er hebt mein Kinn an und sieht mir gedankenverloren in die Augen. »Okay, wenn du willst, dann bleiben wir.«
Dann erscheint in seinem Blick ein argwöhnischer Ausdruck. Etwas verlegen fährt er sich mit der Hand durch die Haare.
»Was ist denn los?«, frage ich ihn misstrauisch. James öffnet kurz den Mund, als ob er etwas sagen wollte, lässt aber schließlich von mir ab und stellt sich, ohne ein Wort zu sagen, mit dem Rücken zu mir. Verwirrt gehe ich ihm hinterher und streiche vorsichtig seinen Rücken entlang.
»James, bitte sag mir einfach was los ist«, fordere ich ihn ungeduldig auf. Sofort wendet er sich mir zu und blickt mich regelrecht beschämt an. Dann holt er einen zerknitterten, gefalteten Zettel aus seiner hinteren Hosentasche und reicht ihn mir wortlos. Gespannt öffne ich das Stück Papier und erkenne sofort an der Schrift, dass es meins ist.
„Seit mehr als sieben Jahren kämpfe ich nun vergebens, ich kann nicht mehr. Ich lebe isoliert und eingesperrt in einer lieblosen Ehe, Brian verachtet und demütigt mich beinahe täglich und ich kann nichts dagegen tun. Bitte verzeih mir, ich habe dich so lieb!"
Mein kläglicher Abschiedsbrief an Ava. Nervös zupfe ich an einer meiner Haarsträhnen. »Wo hast du das her?«, frage ich ihn empört. Er sieht mich ernst an und runzelt die Stirn.

»Es lag bei deinen Sachen. Es tut mir leid Marissa, ich wollte nicht schnüffeln. Eigentlich wollte ich nur sehen, was das für ein Zettel ist«, sagt er reumütig. Er nimmt mir das Schriftstück aus der Hand und blickt entgeistert darauf.
»Wolltest du dir etwas antun?«, flüstert er und sieht mich durchdringend an. Niemals hätte ich damit gerechnet, dass jemand tatsächlich diesen Brief liest, solange ich noch lebe. Ich weiß nicht mal, wieso ich den überhaupt aufbewahrt habe. Völlig überfordert bleibe ich schweigsam vor ihm stehen und senke den Blick. Zärtlich hebt er mein Kinn an, damit ich ihm in die Augen sehe. Betreten sehe ich ihn einen kurzen Augenblick an und lehne meine Stirn an seinen Brustkorb. »Ich habe diesen Brief einen Tag vor unserer Begegnung geschrieben. Ich habe über alles sorgfältig nachgedacht und keinen anderen Ausweg mehr gesehen. Für mich stand der Entschluss fest, ich hätte es wirklich getan. Doch dann, wie aus dem Nichts, bist du aufgetaucht. Und plötzlich hatte ich wieder den Willen zu leben, endlich habe ich wieder etwas gefühlt, etwas anderes als Angst. Du hast keinen Schimmer, in wie vielen Hinsichten du mich gerettet hast, James.« Er legt seine Hände um meine Wangen und zwingt mich ihn anzusehen. »Ich hatte ja keine Ahnung Marissa«, sagt er sichtlich betroffen. »Ich danke

dem Universum, dass wir uns begegnet sind und du es nicht getan hast«, raunt er atemlos. Ich lächle ihn erleichtert an und nicke zustimmend, drücke ihm einen sanften Kuss auf den Mund und schlinge ihm meine Arme um den Hals. Bereitwillig erwidert er meine Umarmung und hält mich eine scheinbare Ewigkeit einfach nur fest.

Es dämmert bereits, als James zur Tür hereinkommt. Freudig begrüßt er mich und hält mir ein kleines, rechteckiges Geschenk unter die Nase. »Aufmachen«, sagt er begeistert. Gespannt nehme ich das Geschenk entgegen und öffne lächelnd das gestreifte Geschenkpapier. »Ein Kleid? Für welchen Anlass?«, frage ich erstaunt und betrachte das himbeerrote Kleid mit dem dezenten Blumenmuster. »Ich wollte mit dir in das neue Restaurant, welches nur ein paar Straßen entfernt ist gehen«, sagt er und sieht mich prüfend an. »Oh«, hauche ich überrascht. James sieht mich erwartungsvoll an. »Na dann gehe ich mich umziehen«, teile ich ihm zu seiner sichtlichen Überraschung mit und verschwinde grinsend im Bad.

Der Weg ins „Emerald Restaurant" fällt mir zwar nicht leicht, allerdings auch nicht so schwer, wie es noch vor ein paar Wochen gewesen wäre. Gemütlich schlendern wir Hand in Hand durch die ruhige Wohnanlage. Automatisch greife ich nach dem Stein um meiner Kette und atme erleichtert aus. James hatte Recht, es hilft tatsächlich, wenn man etwas hat, woran man sich festhalten kann, selbst wenn es nur eine liebevolle Erinnerung ist. Ich liebe meine Kette und ich liebe ihn. Zärtlich schmiege ich mein Gesicht an seinen Arm und bin wieder einmal erstaunt, was der richtige Mensch an der Seite bewirken kann.

Im Restaurant angekommen sehe ich mich verblüfft um. Das Wort *RESTAURANT* beschreibt die Location keineswegs. Das große, zweistöckige Gebäude besteht aus einer Bar, diversen Sitzgelegenheiten und einer riesigen Tanzfläche, auf der sich einige Leute im Takt zur lauten Musik bewegen. In dem gedämpften Licht herrscht eine angenehme Atmosphäre. Einige Paare sitzen am Ende des Raumes auf einer großen, pinken Polsterecke und trinken gemütlich ihre Getränke. Mehrere Männer stehen an der Bar, sie unterhalten sich angeregt und lachen lautstark. »Das Restaurant befindet sich dann wohl im 2. Stock«, ruft James, um die Musik zu übertönen und grinst mich entschuldigend an.

»Ich finde es ganz schön hier«, erwidere ich in der gleichen Lautstärke und kichere. Erstaunt über meine Antwort verzieht er seinen Mund zu einem Lächeln und nimmt mir die Jacke ab. Dann greife ich nach seiner Hand und schlendere mit ihm durch den großen Raum, bis wir einen freien Tisch gefunden haben. Als wir uns hinsetzen, kommt direkt eine blonde Kellnerin mittleren Alters, mit einem auffällig kurzen Minirock auf uns zu. »Was darf ich euch bringen?«, fragt sie freundlich und sieht abwechselnd von James zu mir.
»Zwei Bier«, antwortet James und sieht mich fragend an. Einverstanden nicke ich ihm zu.

Nachdem wir ausgetrunken haben, beschließen wir, uns langsam auf den Rückweg zu machen. Obwohl es mir überraschend gut geht, möchte ich mein Glück nicht überstrapazieren. Gerade als ich aufstehe, um zur Garderobe zu gehen, ertönt »*Chubby Checker*« mit seinem berühmten »*Let's twist again*« aus den Lautsprechern.
James springt von seinem Stuhl auf und kommt mit einem breiten Grinsen rhythmisch auf mich zu. Ich erwidere sein Lächeln, schüttle aber entschieden den Kopf, als ich merke, was er vorhat. Ohne Vorwarnung eilt er auf mich zu und packt mich bei der Taille. Vor Schreck kichere ich laut auf.

Ehe ich mich versehe, stehen wir gemeinsam mit einigen anderen Paaren auf der Tanzfläche. James hält meine Hände fest, wirbelt mich von sich weg und zieht mich sofort wieder zu sich rüber. Lachend lege ich den Kopf in den Nacken und beginne, mich ungehemmt auf der Tanzfläche zu bewegen. Begeistert tanzt James mit mir und schenkt mir ein ausgelassenes Grinsen.

Es ist meines Erachtens noch viel zu früh am Morgen, als James mich behutsam weckt. »Marissa, aufwachen«, raunt er und streift mit seiner Nase zärtlich meinen Nacken. Schläfrig drehe ich mich zu ihm herum und blinzle zu ihm hoch. »Wie spät ist es?«, frage ich verwundert, als ich bemerke, dass es noch nicht ganz hell ist. »Sieben Uhr. Ich habe gerade einen Anruf bekommen und muss zu einem Auftrag«, erklärt er. Ich strecke mich und mache einen Schmollmund. »Wie lange bist du dann weg?« Er drückt mir einen Kuss auf die Schulter und geht zur Kommode, um sich eine Hose überzuziehen. »Ich denke zum Abendessen bin ich wieder zuhause«, sagt er grüblerisch und streift sich sein Arbeitshemd über. Nachdem er sich vollständig bekleidet hat, beugt er sich zu mir herunter und küsst mich liebevoll zum Abschied. »Pass auf dich auf«, sage ich und bemühe mich, so entspannt wie möglich zu klingen. James nickt mir einverstanden zu und küsst mich erneut. Einige Sekunden später höre ich durchs geschlossene Fenster, wie er mit seinem Motorrad davonfährt. Verschlafen verlasse ich die warme, gemütliche Schlafcouch und stelle mich unter die Dusche. Während das angenehm heiße Wasser über meinen Körper läuft, muss ich unwillkürlich lächeln. Das erste Mal in meinem Leben fühle ich mich gänzlich sorglos, vollkommen frei. Ich danke dem Himmel, dass ich James an jenem Tag vor zehn Wochen begegnen durfte. Ich möchte mir gar nicht ausmalen, wie mein Leben ohne ihn aussehen würde.

Nach der erfrischenden Dusche gehe ich in die Küche und überlege, was ich frühstücken könnte. Da die Vorräte fast aufgebraucht sind, beschließe ich spontan in den kleinen Laden am Ende der Straße zu gehen. Seit gut sieben Jahren habe ich kein Geschäft mehr alleine betreten und ich möchte James mit meinem spontanen Wagemut gern überraschen. Es ist schon viel zu lange her, dass ich mir so etwas zugetraut habe und möchte meinem Gefühl, es schaffen zu können, gern vertrauen. Entschieden ziehe ich mir Jacke und Schuhe an und greife nach meiner kleinen, schwarzen

Handtasche. Dann nehme ich ein wenig Geld aus der Haushaltsdose und stecke es in meine Jackentasche. Auf dem Weg zur Haustür schnappe ich mir mein Handy, werfe aus Gewohnheit einen Blick auf das Display und entdecke eine SMS von einer unbekannten Nummer. Misstrauisch öffne ich die Nachricht. »**Komm sofort zu der Baustelle in der Hastingsstreet, ich brauche dich. James**«

Wieso sollte James mir von einer fremden Nummer eine SMS schicken? Argwöhnisch wähle ich seine Nummer, doch er nimmt nicht ab. Sofort überkommt mich ein Gefühl der Übelkeit und die Erinnerung daran, wie Brian James vor einigen Wochen in eine Falle lockte. Was, wenn es keine Einbildung war, dass uns jemand beobachtet? Ich spüre wie mir Galle hochkommt. Ich wähle James' Nummer erneut, doch er meldet sich wiederholt nicht. Ich lese mir die SMS noch einmal genau durch.

»Hastingsstreet?«, flüstere ich gedankenverloren und ziehe entsetzt die Augenbrauen hoch. Brians Firma ist in der Hastingsstreet und ich weiß auch, dass er dort vor Wochen ein großes Projekt gestartet hat, um das Firmengebäude weiter auszubauen. Es ist Brians Baustelle und die SMS ist auf gar keinen Fall von James. Ich lege mir verzweifelt die Hand vor dem Mund und unterdrücke ein Schluchzen. Deprimiert zupfe ich an einer meiner Haarsträhnen und schließe angespannt die Augen. Ich konzentriere mich angestrengt auf meinem Atem und balle die Hände zu Fäusten. Zitternd beschließe ich, Brians Spiel erneut mitzuspielen und hoffe inständig, dass James bei seinem Auftraggeber ist und nicht noch einmal in Brians Fänge geraten ist.

Mit zielstrebigen Schritten und raschem Tempo gehe ich auf das Firmengelände zu. Ich halte einen kurzen Augenblick inne und mobilisiere all meine Kraft. Steifbeinig gehe ich um das Gebäude herum und blicke mich suchend auf der geschätzt dreihundert Quadratmeter großen Baustelle um. »James!«, rufe ich und bleibe wie angewurzelt zwischen einem blauen Container und einem Bauzaun stehen. Unruhig warte ich auf eine Antwort, da erscheint James wie aus dem Nichts hinter einem Tankwagen. Er stürzt auf mich zu und packt mich hektisch am Arm. »Los, weg hier«, japst er und zieht mich hinter sich her. Bevor wir den Ausgang erreichen, schließen sich unversehens die elektrischen Gittertore. »Scheiße!«, ruft James aus und macht auf dem Absatz kehrt. Er zerrt mich wieder zurück und bleibt hinter einem Container mit mir stehen. Er hockt sich hin und zieht mich zu sich herunter. »Was ist hier los James?«, frage ich panisch und bemerke, dass seine Lippe und seine Nase bluten. »Oh mein Gott, was ist passiert?«, frage ich schockiert. Beruhigend nimmt er mein Gesicht in seine Hände und sieht mich eindringlich an. »Da ist Brian mit drei Typen, richtig üble Typen, die sind alle bewaffnet. Er hat dich hierhergelockt um sich zu rächen. Die machen keinen Spaß, Marissa, wir müssen hier weg«, sagt er und drückt mir einen flüchtigen Kuss auf die Stirn. Er steht auf und durchsucht das Gelände mit seinem Blick. »Dort hinten sollten wir rauskommen.« Er deutet mit dem Kopf ans andere Ende der Baustelle. Ich sehe ihn noch immer bestürzt an und merke, wie mir die Luft ausgeht. Schlagartig fängt mein ganzer Körper an zu zittern, so dass ich Mühe habe, aufrecht stehen zu bleiben. Als James dieses bemerkt, wendet er sich mir zu. »Hör mir zu Marissa, ich bringe dich von hier weg. Ich schwöre es. Ich liebe dich und ich werde nicht zulassen, dass dir etwas geschieht.« Im Bestreben mir meine Angst nicht anmerken zu lassen, lehne ich meinen Kopf an seine Brust und nicke kurz. Er hebt mein Kinn an und sieht mir nachdrücklich in die Augen. »Los geht's.« Eilig greift er nach meiner Hand und rennt mit mir quer über das Gelände. Es fällt mir schwer mit ihm Schritt zu halten, da der Boden durch den Frost stellenweise vereist ist. Ich sehe mich hektisch um, kann von Brian oder seinen Schlägertypen aber nichts entdecken. Als wir fast am anderen Ende der Baustelle angekommen sind, bleibt James abrupt stehen. »So ein Mist«, flucht er und blickt auf den Boden. Vor uns befindet sich ein schätzungsweise zwei Meter langer Schacht, der genauso breit aussieht wie die Baustelle lang ist. »Da kommen wir nicht rüber, der ist bestimmt sieben Meter tief«, flüstere ich panisch und sehe in seine aufgebrachten Augen. Er beugt sich zu mir herunter und legt seine Hände auf meine Schultern. »Ich werde dich hier wegbringen, hab keine Angst«, sagt er entschieden. »Ach wie rührend«, ertönt eine Stimme hinter mir und klatscht in die Hände. Es ist Brian, gefolgt von drei maskierten, völlig in schwarz gekleideten Männern. Sie stehen eine Armeslänge hinter Brian und schlagen sich bedrohlich langsam einen Baseballschläger gegen die Handfläche. James schiebt mich hinter sich und baut sich vor mir auf. Brian verzieht sein Gesicht zu einer grässlichen Grimasse, hebt seine Hand bedächtig in die Höhe und schnippt einmal mit den Fingern. Aufs Kommando stürmen die maskierten Männer auf uns zu und ziehen James von mir weg. »Die da nicht«, ruft Brian und deutet auf mich. »*Die* gehört ganz mir.« Mit weit aufgerissenen Augen sehe ich ihn an und überlege krampfhaft, was ich tun soll. Ängstlich weiche ich einen Schritt zurück und fühle mich völlig hilflos. Währenddessen hat James es geschafft, einem dieser Typen seinen Baseballschläger abzunehmen und prügelt wie von Sinnen auf ihn ein. Direkt als dieses von den anderen bemerkt wird, attackieren sie James feige von hinten und halten ihn mit aller Kraft fest. Verzweifelt presse ich mir die Hände auf den Mund, um einen Schrei zu unterdrücken und blinzle hektisch meine Tränen weg. Einer der Männer schlägt James brutal mit dem Schläger gegen die Knie, woraufhin er mit den Beinen wegknickt und zu Boden geht. Unbeirrt von seinem Schmerz, greift er nach dem Schläger vor sich und setzt einen der Typen damit außer Gefecht. Indes kommt Brian auf mich zu und packt mich harsch bei den Schultern. »Mitkommen!«, befiehlt er und versucht mich mit sich mitzuschleifen. Als mein panischer Blick auf James fällt sehe ich, dass er sich mit dem letzten der maskierten Männer schlägt, die beiden anderen liegen bewusstlos auf dem sandigen Boden. In dem Moment, als Brian davon Kenntnis nimmt, fährt er sich wütend mit der Hand durch die Haare und blickt mich eisig an. Mit einem lauten Schrei sinkt der letzte der Schlägertypen zu Boden. Augenblicklich wendet sich James mir zu und funkelt Brian hasserfüllt an. James'

Kleidung ist stellenweise zerrissen und er hat eine stark blutende Platzwunde am Kopf. Ich sehe ihn wie erstarrt an und bin unfähig, mich zu bewegen. Als James auf Brian zugeht, packt dieser mich blitzschnell und versetzt mir einen heftigen Stoß. Erschrocken taumle ich zwei Schritte nach hinten und merke, wie ich den Halt unter den Füßen verliere. Geistesgegenwärtig halte ich mich an einer herumliegenden Metallkette fest und rutsche mit einem lauten Schrei sekundenschnell immer tiefer in den Schacht hinein. Verzweifelt klammere ich mich an der Kette fest und höre, dass James und Brian sich lautstark prügeln. Einen kurzen Augenblick später ist es still und ich blicke gespannt nach oben. James legt sich auf den Boden und greift nach der Metallkette, an der ich mich verkrampft festklammere. »Festhalten!«, weist er mich an und versucht, mich mit aller Kraft aus dem Schacht zu ziehen. Plötzlich höre ich ein eigenartiges Klirren, dann ein lautes Geräusch und bemerke, dass die Kette ihren sicheren Halt verliert.

»Verreck doch du madige Hure«, ruft Brian und rennt scheinbar davon. *Er hat die Kette gelöst*, denke ich panisch und schließe hoffnungslos die Augen. Seine sich immer weiter entfernenden Schritte sind das Einzige, was ich bewusst wahrnehme, ehe ich innerlich mit meinem Leben abschließe. Doch völlig unverhofft erreicht James meine Hand und umschließt sie so fest er kann. Im selben Moment höre ich, wie die Metallkette mit einem dumpfen Knall unter mir am Boden ankommt. »Versuch dich hochzuziehen«, keucht er und rutscht durch die Glätte selbst immer weiter in den Schacht. »Ich kann nicht«, rufe ich angestrengt und blicke ängstlich in die Tiefe. James ist so schwer verletzt, dass ihm zusehends die Kräfte schwinden. Jede Sekunde die er mich länger festhält, rutscht er näher in den Abgrund. »Ich komme hier nicht raus«, sage ich und sehe ihn mit einer festen Entschlossenheit im Blick an.

Entschieden löse ich meine Hand von seiner, doch er drückt nur noch fester zu. »Wage es ja nicht«, keucht er angestrengt. »Ich habe dich. Halt dich fest!« Er blickt sich hilfesuchend um. »Ich habe keine andere Wahl James«, rufe ich zu ihm hoch und merke, wie mir erneut Tränen in die Augen steigen. »Verlass mich nicht«, befiehlt er mit angestrengtem Gesichtsausdruck. »Es ist okay«, krächze ich und sehe ihm direkt in die Augen.

»Du hältst dich gefälligst fest!«, fordert er verzweifelt.

»Ich liebe dich James«, sage ich mit fester Stimme und löse mich weiter von ihm. »Nein«, ruft er verzweifelt aus.

»Ich liebe dich so sehr«, schwöre ich inbrünstig und lasse los. Wie James laut meinen Namen schreit ist das Letzte, das ich wahrnehme, bevor ich mit einem heftigen Knall unten am Boden ankomme und alles um mich herum schwarz wird.

Kapitel 12

James

Erschöpft von meinem Arbeitstag schlendere ich mit den Einkäufen durch die ruhigen Straßen. Ich kann von Weitem schon unser Haus sehen, in dem wie üblich in jeden Raum das Licht brennt. Mom kann die Dunkelheit nur schwer ertragen, wenn sie alleine ist. Als ich nur noch einige Schritte von der Haustür entfernt bin sehe ich, dass die Tür ein Stück aufsteht. Skeptisch laufe ich ein wenig schneller und betrete den Flur. Noch ehe ich etwas sagen kann, höre ich dumpfe Schreie und Lärm aus dem Schlafzimmer kommen. In Windeseile hetze ich mit großen Schritten die Treppe hoch und betrete dabei nur jede zweite Stufe. Fassungslos bleibe ich wie erstarrt im Türrahmen des Schlafzimmers stehen, als ich realisiere, was meine Augen dort sehen. Obwohl es schon eine halbe Ewigkeit her ist, als ich diesen Mann das letzte Mal gesehen hatte, erkenne ich ihn sofort ohne jeden Zweifel. Mein *Vater* steht vor meiner Mom und hält sie grob an den Schultern fest. Sie blickt ihn mit weit aufgerissenen Augen angsterfüllt an und wimmert leise, dass er sie loslassen soll. Verängstigt zittert sie am ganzen

Leib. Im Bruchteil einer Sekunde wandert er mit seinen Händen an ihren Hals entlang und drückt zu. »Fahr zur Hölle, du Miststück«, zischt er und verzieht seinen Mund zu einem grässlichen Grinsen. Sofort stürme ich in das Zimmer. Als er dieses bemerkt, schlägt er meiner Mom mit der Faust so heftig ins Gesicht, dass sie mit schmerzverzerrtem Gesichtsausdruck rückwärts mit dem Hinterkopf gegen die Fensterbank knallt. Als er sich umdreht blickt er mich boshaft an. Panisch sehe ich zu meiner Mom, die bewegungslos in ihrer eigenen kleinen Blutlache liegt. »Nein!«, rufe ich entsetzt aus und mache einen Satz auf meine Mom zu. Doch mein Vater versperrt mir den Weg und schlägt mir mit voller Kraft so heftig gegen den Brustkorb, dass ich unweigerlich einen Schritt zurückweiche. Er greift sich höhnisch blickend drohend an die Hintertasche seiner Jeans, als ob er nach etwas sucht, mit dem er mich verletzen kann. Blitzartig greife ich nach einem herumliegenden Gürtel, der auf der Kommode liegt und stürze mich auf ihn. Reflexartig trete ich so schnell wie möglich hinter diesem Mistkerl und wickle den Gürtel wie eine Schlinge um seinen Hals. Während ich zudrücke, zappelt er hektisch herum und versucht sich von dem Riemen um seiner Kehle zu befreien. »Fahr du zur Hölle!«, brülle ich verzweifelt und ziehe ihn näher an mich heran. »Fahr einfach zur Hölle!«, japse ich angestrengt und wende meinen Blick an die Decke, um seinem Anblick nicht länger ausgeliefert sein zu müssen. Keuchend drücke ich den Gürtel mit meiner gesamten Kraft um seinen Hals und blinzle meine zornigen Tränen weg. Das Zucken seiner Beine wird von Sekunde zu Sekunde schwächer, bis es schließlich vollends aufhört und er in sich zusammensackt. Resigniert und angeekelt zugleich, stoße ich ihn von mir weg und haste sorgenvoll zu meiner regungslosen Mom.

»Mrs. Evans, sind Sie da? Hier spricht die Polizei«, höre ich eine raue Männerstimme, gefolgt von schweren Schritten die Treppe hochkommen. Wenige Sekunden später steht ein Detective, kaum älter als ich selbst, im Türrahmen und starrt ungläubig auf die Situation, die sich ihm darbietet. Als er mich entdeckt, ich am Boden hockend mit meiner blutüberströmten Mom im Arm, zückt er sofort seine Waffe und richtet sie auf mich. »Treten Sie sofort von der Frau weg und die Hände schön da, wo ich sie sehen kann«, weist er mich streng an. Wie paralysiert bleibe ich bei meiner Mom und streiche ihr über das blutverschmierte, blonde Haar. »Rufen Sie sofort einen Krankenwagen«, fordere ich ihn mit versteinerter Miene auf. Augenblicklich erscheint

ein zweiter Polizist im Raum und sieht bestürzt auf mich und meine schwerverletzte Mom. »Summers, nehmen Sie sofort die Waffe runter«, mahnt er den Detective. Es ist Edward Morgan, ein immer freundlicher, grauhaariger Mann mittleren Alters. Er ist örtlicher Streifenpolizist und über unsere Vergangenheit aufgeklärt. Schockiert kommt er auf mich zu und hockt sich zu mir herunter.
»James, was ist hier passiert?«, fragt er und schweift mit seinem entgeisterten Blick durch das Zimmer. »Dieses Schwein hat sie angegriffen, bitte, wir brauchen einen Krankenwagen«, knurre ich verzweifelt mit zusammengebissenen Zähnen. Tröstlich legt er mir seine Hand auf die Schulter. »Hilfe ist schon unterwegs, mein Junge«, sagt er so beruhigend er kann und zwirbelt gedankenverloren an seinem grauen Schnauzbart. »Die Nachbarn haben angerufen und berichtet, dass Geschrei aus eurem Haus kommt.« Noch immer blickt er sich entsetzt im Raum um. Wenige Sekunden später höre ich die Sirenen des Rettungswagens und schließe dankbar die Augen. Autotüren werden zugeschlagen, kurzes Gemurmel von unten, Schritte, die eilig die Treppen hochhasten. Schließlich betreten zwei Notärzte das Schlafzimmer und nehmen meine Mom in ihre Obhut.

Wie gelähmt sitze ich einem mir unbekannten Mann im Polizeirevier gegenüber. Er ist circa dreiundfünfzig Jahre alt und hat meiner Meinung nach einen viel zu herzlichen Gesichtsausdruck, um als Polizist ernstgenommen zu werden. »Ich bin Lieutenant Tate«, stellt sich der dunkelhaarige Herr vor und verlagert sein Gewicht etwas auf seinem Stuhl. Höflich reicht er mir einen Becher mit schwarzen Kaffee und sieht mich gespannt an. »Bitte schildern Sie, was genau passiert ist.« Er setzt seinen professionellen Beamtenblick auf, richtet seine Brille und stützt seine Ellenbogen auf der Tischkante. »Wie ich Mr. Morgan und Detective Summers schon erklärte, ich kam nach Hause und hörte Geschrei aus dem Schlafzimmer«, sage ich müde und starre auf das getrocknete Blut auf meinen Händen.

»Mein Vater griff meine Mom an und als ich dazwischen gegangen bin ...«, meine Stimme bricht, aber ich versuche mich zwanghaft zusammenzureißen. »Ich habe doch schon mehrfach erklärt was passiert ist, bitte lassen Sie mich ins Krankenhaus fahren«, sage ich verärgert und raufe mir die Haare. Unversehens öffnet sich die Zimmertür und Edward Morgan betritt den Raum. Er sieht mich mitfühlend an und reicht dem Lieutenant einige Schriftstücke. Stirnrunzelnd überfliegt er das Papier und nickt dem Polizisten zu. »Haben Sie schon etwas von meiner Mom gehört?«, frage ich und sehe Edward bittend an. Entschuldigend schüttelt er kaum merklich mit dem Kopf und schließt die Tür hinter sich. »Es wurde eine Beretta 92 bei Ihnen gefunden. Ist das ihre Waffe?«, befragt mich Tate weiter. Irritiert schüttle ich den Kopf. Er notiert sich etwas auf seinem Zettel und nickt mir kurz zu. Sie haben eine Waffe in unserem Haus gefunden? Wie ist das möglich? Plötzlich bekomme ich einen Geistesblitz. Das Szenario, als mein Vater mit hämischen Blick etwas aus seiner Tasche zu holen versuchte. *Wollte er uns allen Ernstes umbringen?* Zornig spanne ich meinen Unterkiefer an und balle die Hände zu Fäusten. »Wir werden die Waffe auf Fingerabdrücke untersuchen, um ihre Aussage auf Notwehr zu bekräftigen. Leider müssen wir Sie bis die Ermittlungen Resultate hervorbringen in U-Haft lassen.« Er sieht mich bedauernd an. »Soll das ein Witz sein?«, rufe ich entrüstet aus. Erneut betritt Polizist Morgan das Zimmer und setzt sich auf den Stuhl neben mir.

»Deine Mom wird durchkommen. Sie hat eine schwere Kopfverletzung und die Ärzte haben sie in ein künstliches Koma versetzt, aber sie sind optimistisch«, sagt er und lächelt mir aufmunternd zu. Erleichtert schließe ich die Augen und merke sofort, wie mir eine kiloschwere Last von den Schultern fällt. »Wann kann ich sie sehen?« Ich sehe Edward bittend an. Unbehaglich reibt er sich die müden Augen und atmet schwer aus. »Ich befürchte, du musst die U-Haft abwarten. Ich werde alles in meiner Macht stehende tun, um dich so schnell wie möglich hier rauszubekommen. Du bist ein guter Mann James, du stehst das schon durch und ich werde dich über deine Mom auf dem Laufenden halten«, verspricht er.

Seit geschlagenen zweiunddreißig Tagen sitze ich nun in dieser beschissenen Zelle. Mein Anwalt, Dr. Mulligans, beteuert stets, dass er tut, was er kann. Ich werde in diesem Raum wahnsinnig, ich habe das Gefühl, gänzlich den Verstand zu verlieren. Da ich kein Zeitgefühl habe, laufe ich schätzungsweise schon seit Stunden in der Zelle auf und ab und warte, wie jeden Tag, ungeduldig auf Neuigkeiten. Endlich öffnet sich meine Tür und Mr. Mulligans erscheint im Türrahmen.
»Können Sie mir sagen, wann ich endlich hier rauskomme?«, frage ich ohne ihn zu begrüßen. Er streckt mir, fachmännisch wie immer, seine Hand entgegen, die ich nur widerwillig ergreife. *Ich will endlich wissen, wie lange ich noch hier drin versauern soll!* »Mr. Evans, es wurde kurzfris-

tig ein Termin abgesagt und durch meine Kontakte war es mir vergönnt, Ihren Fall dazwischen zu schieben. Morgen bekommen Sie ihre Verhandlung«, sagt er beinahe stolz und richtet seine Krawatte. Überwältigt von diesen Nachrichten setze ich mich an den Rand des Bettes und sehe Mulligans verunsichert an.

»Was wird morgen passieren? Ich meine, auf der Waffe waren ausschließlich die Fingerabdrücke meines Vaters. Wieso sitze ich überhaupt noch hier drin?«, frage ich aufgebracht und gehe erneut nervös durch den winzigen Raum. »Ich verstehe ihren Ärger, aber da jemand ums Leben kam, müssen Sie Verständnis dafür haben, dass ...«

»Ich muss für gar nichts Verständnis haben!«, unterbreche ich ihn grob. »Der Scheißkerl hat meine Mom ins Koma geprügelt und er hatte eine Waffe dabei. Was hätte ich denn sonst tun sollen?« Aufgebracht bleibe ich vor ihm stehen und blicke ihn eisig an. »Auf jeden Fall treffen wir uns morgen früh um neun Uhr im Gerichtssaal. Ich werde Sie dort erwarten«, sagt er einlenkend und verabschiedet sich eilig, ohne mir erneut die Hand zu reichen.

Gleich nachdem Mulligans verschwunden ist, lege ich mich seufzend aufs knarrende Bett und bedecke mit dem Arm mein Gesicht. Augenblicklich erscheint das Gesicht meines

Vaters überdimensional groß vor meinem geistigen Auge. Aufgewühlt setze ich mich abrupt auf und schnappe nach Luft. Erschöpft schließe ich die Augen und lege, in der Hoffnung auf Besserung, meine rechte Hand auf den Brustkorb, um meinen rasenden Herzschlag zu beruhigen. Seit ich in U-Haft bin, habe ich keine verdammte Nacht geschlafen. Egal wie oft ich versuche mich davon zu überzeugen, dass ich so handeln musste, die Tatsache, dass ich meinen eigenen Vater getötet habe, quält mich zutiefst. *Er hatte es verdient, es ging um ihn oder uns, denke ich energisch.*

Kraftlos lasse ich mich nach hinten fallen und bemühe mich, ein wenig Schlaf zu finden.

Innerlich bete ich, dass dieser Albtraum alsbald ein Ende nimmt.

Kapitel 13

Die Verhandlung liegt heute genau zwölf Wochen hinter mir und das erste Mal seit den Geschehnissen, habe ich mal wieder eine Nacht durchgeschlafen. Erholt steige ich aus dem Bett, ziehe mich an und gehe runter in die Küche.
»Guten Morgen, Mom«, sage ich, noch ehe ich den Raum betrete, um sie nicht zu erschrecken. Obwohl ich hoffte, dass sich nach meinem Freispruch die Situation wieder halbwegs normalisiert, ist es schwieriger als je zuvor. Seitdem Mom wieder aus dem Koma erwacht ist, ist sie nicht mehr die Gleiche. Sie weint viel, hat Albträume, wenn sie überhaupt mal schläft und ist schreckhafter, als sie ohnehin schon vor der ganzen Sache war. Jedes Mal, wenn ich einen Auftrag an Land ziehe, habe ich Angst, sie alleine zu lassen. Unglücklicherweise sind wir auf meinen Lohn mehr denn je angewiesen, gerade jetzt, wo Mom durch ihre Angstzustände nicht mehr arbeiten gehen kann. »Morgen«, haucht sie und reicht mir eine Tasse heißen Mokka, als ich die Küche betrete. »Danke«, entgegne ich freundlich und puste in die dampfende Tasse. Angespannt setze ich mich an den Küchentisch und überlege angestrengt, wie ich ihr beibringen soll, dass ich den ganzen Tag außerhalb der Stadt bin.

»Ich habe einen Auftrag in dem kleinen Theater in Littletown bekommen. Ich vermute, das wird ein paar Wochen dauern, bis wir dort fertig sind und ich müsste heute anfangen«, druckse ich herum. »Aber ich würde jeden Abend wieder zuhause sein«, füge ich eilig hinzu, als ich bemerke, dass sie augenblicklich aschfahl im Gesicht wird. Schnellstens bemüht sie sich um einen unbekümmerten Ausdruck und macht eine wegwerfende Handbewegung.

»Das ist doch toll, wirklich, gar kein Problem mein Schatz«, lächelt sie und tätschelt mir mütterlich den Kopf. Nervös schaue ich auf die kleine, gelbbraun umrandete Wanduhr und kippe meinen Mokka zügig herunter.

»Ich bin spät dran«, sage ich entschuldigend und stehe auf.

»Ich bin auf meinem Handy zu erreichen. Du kannst dich jederzeit melden, okay?« Genügsam lächelt sie mich an und präsentiert so ihre Grübchen in ihrer vollen Pracht.

»Na los, geh schon«, lacht sie, doch sie kann das Zittern in ihrer Stimme nicht verbergen. Es ist bereits 08:17 Uhr und ich möchte keinesfalls zu spät kommen, um keinen schlechten Eindruck zu hinterlassen. »Ich rufe dich nachher an«, verabschiede ich mich widerstrebend und hetze mit einem unguten Gefühl im Bauch zu meinem Motorrad.

Nachdem ich meine Mom den ganzen Nachmittag nicht erreichen konnte, fahre ich gehetzt durch die verregneten Straßen. Es ist absolut untypisch für sie, nicht ans Telefon zu gehen, aber vielleicht ist sie ja unerwartet bei einer Freundin oder hat Besuch? Verständnislos seufze ich auf. Selbst wenn dem so wäre, sie hätte trotzdem ans Telefon gehen können. Ich werde dieses unheilvolle Gefühl in der Magengegend einfach nicht los, es begleitet mich schon seit heute Morgen. Vermutlich werde ich auch noch paranoid, denke ich bitter, schüttle diesen bösen Gedanken aber sofort wieder ab. Endlich am Haus angekommen bemerke ich direkt die vertraut brennenden Lichter.

»Mom?«, rufe ich, als ich den Flur betrete. Keine Antwort.

»Mom?«, versuche ich es erneut und werfe einen unruhigen Blick ins Wohnzimmer und danach in die Küche. Besorgt sprinte ich die Treppe zum Schlafzimmer hoch, doch auch dort ist sie nicht. Als ich das Zimmer verlasse, blicke ich direkt auf die geschlossene Badezimmertür. Lautstark klopfe ich mehrmals an. »Mom, bist du da drin?«, frage ich ungeduldig. Da sie wieder nicht antwortet, öffne ich einfach die Tür, um mich genervt zu überzeugen, dass sie tatsächlich nicht im Haus ist. *Sie hätte wenigstens Bescheid geben können,* denke ich gereizt. Doch in dem Augenblick, als ich begreife, was hier passiert ist, stockt mir der Atem. Die Fußbodenfliesen sind mit blassrotem Wasser überschwemmt, ich habe Mühe nicht auszurutschen, als ich auf meine Mom zustürme. Sie liegt vollständig bekleidet mit geschlossenen Augen in der Badewanne und hat einen so unendlich traurigen Ausdruck in ihrem fahlen Gesicht, dass sich mein Herz schmerzhaft zusammenzieht. Ihre Handgelenke hat sie sich mit einer Rasierklinge vertikal aufgeschnitten, ihre Haut ist vom Wasser schon ganz aufgeweicht und ihr Hautton ist kreidebleich. Fassungslos hieve ich sie aus der Wanne und lege sie vor mir auf den nassen Boden. Intuitiv greife ich nach einem herumliegenden Handtuch und presse es mit heftigem Druck auf ihre Wunden. »Nein,nein, nein, nein!«, flüstere ich panisch. »Mom!«, krächze ich und lege meine Finger auf ihren Puls am Hals. Doch ich fühle nichts. Mein Herz rast wie wild. Mit zittrigen Fingern hole ich mein Handy aus der Hosentasche und wähle die Notrufnummer. »Meine Mom... sie hat sich die Pulsadern aufgeschnitten, ich fühle weder Puls noch Herzschlag«, teile ich der Dame am anderen Ende der Leitung hektisch mit. »Kommen Sie schnell!« Ich nenne Name und Adresse und lege ohne eine Antwort abzuwarten einfach auf.

»Tu mir das nicht an. Mach deine verdammten Augen auf«, zische ich durch meine zusammengebissenen Zähne und beginne instinktiv mit einer Herzdruckmassage. Vorsichtig puste ich ihr Luft in den Rachen und mache unermüdlich mit der Wiederbelebung weiter, so lange, bis die Sanitäter endlich unten im Flur erscheinen. »Hier oben«, rufe ich ungeduldig. Wenige Sekunden später erscheinen drei junge Männer im Bad und schieben mich zur Seite. »Bitte, machen Sie Platz«, sagt ein blonder Typ und legt meiner Mom einen Druckverband an. Dann heben sie sie auf eine Trage und transportieren sie im Eiltempo in den Krankenwagen. Geistesabwesend gehe ich hinter den Männern her und steige wie selbstverständlich hinten im Krankenwagen mit ein. Die ganze Fahrt über halte ich ihre Hand, während die Sanitäter weiter an ihr herumdoktern. Ich weiß nicht was sie dort genau machen, es interessiert mich auch nicht. Meine Gedanken kreisen einzig und allein darum, dass sie nicht sterben darf und ich nicht verstehe, wieso sie sich das angetan hat.

Vor genau zwei Wochen habe ich meine Mom beerdigt. Die Ärzte konnten durch den hohen Blutverlust nichts mehr für sie tun, sie ist bereits auf dem Weg ins Krankenhaus verstorben. Mit einer Mischung aus Wut und Schmerz sitze ich am Küchentisch und starre auf das kleine, zerknitterte Papier in meinen Händen.

Mein lieber James, gräme Dich nicht. Mein Entschluss stand schon fest, seitdem ich aus dem Koma erwacht bin und Du hättest nichts dagegen tun können. Ich möchte endlich den Frieden finden, der mir zu Lebzeiten nie vergönnt war.

Du warst das Beste in meinem Leben, ohne mich wirst Du es leichter haben. Du hast es wirklich verdient, Dein Glück zu finden. In Liebe, Deine Mom.

Schmerzerfüllt zerknülle ich den Brief erneut, so wie die letzten hundert Male, als ich ihn gelesen habe. Soll das etwa ein Trost für mich sein? Wie konnte sie mir, sich selbst, das bloß antun? Zornig stehe ich mit angespanntem Kiefer auf, packe den Zettel in meine Hosentasche und greife nach meiner gepackten, schwarzen Tasche. Ich werde keine Sekunde länger in diesem Haus verbringen. Glücklicherweise gibt es in Downtown mehr als genug freie

Apartments, deren Miete ich mir leisten kann und genau dorthin werde ich verschwinden. Ich kann die mitleidigen Blicke und Fragen der Nachbarn, auf denen ich selbst keine Antwort habe, nicht länger ertragen. Ohne mich umzudrehen verlasse ich mein Zuhause und fahre mit dem Motorrad schnurstracks in mein neu angemietetes Apartment.

In Downtown angekommen fühle ich mich direkt wie in einem Paralleluniversum. Die unzähligen Straßen sind stark befahren, es existiert kaum Wiese oder ein Baum um mich herum und die Leute drängen sich hastig aneinander vorbei. Es ist komplett gegenteilig von dem Ort, wo ich herkomme, dort war es still und jeder kannte jeden. Aber wahrscheinlich war genau *das* das Problem. Gleich nachdem ich meine sieben Sachen in dem Apartment verstaut habe, mache ich mich auf den Weg in ein naheliegendes Möbelgeschäft. Da ich mein Apartment möbliert mieten konnte, brauche ich glücklicherweise nicht mehr viel, doch ein paar eigene Sachen wären schon klasse. Als ich durch die beengten Gassen laufe, bleibe ich unvermittelt an einem Musikladen stehen. ***ALLES MUSS RAUS!***

Dieses Plakat gewinnt sofort meine Aufmerksamkeit. Interessiert gehe ich in den gut besuchten, wenn auch viel zu kleinen, mit schäbig blauen Teppich ausgelegten Laden und sehe mich gespannt um. Sofort hat ein Klavier mein Interesse auf sich gezogen. Begeistert streife ich über die Tasten und kann meine Freude kaum verbergen. Es ist tatsächlich ein Yamaha Clavinova CLP 565, genau dieses Model habe ich mir schon immer insgeheim gewünscht, konnte es mir aber nie leisten. *850 Dollar* steht auf dem Preisschild. »Oh, wie ich sehe, interessieren Sie sich für dieses Model?«, fragt mich eine junge, zierliche Angestellte freundlich und lächelt mir zu. »Ja, ich würde es mir gern anliefern lassen, wenn es möglich wäre«, entgegne ich spontan. Ich muss dieses Teil einfach haben!

Anmutig streicht sie sich eine ihrer mahagonifarbigen Locken aus dem Gesicht und schenkt mir ein strahlendes Lächeln. »Natürlich«, sagt sie höflich. »Dann kommen Sie bitte mit, ich muss nur eben Ihre Daten aufnehmen.« Einverstanden folge ich ihr bis zum Ende des Ladens und diktiere ihr meinen Namen und meine Adresse. Sorgfältig tippt sie alles in dem Computer ein und reicht mir anschließend einen Rechnungsbeleg. Als ich einen Blick auf die Quittung werfe, fällt mir sofort eine handgeschriebene Telefonnummer ins Auge. Überrascht ziehe ich eine Augenbraue hoch und blicke die plötzlich nervös wirkende Angestellte fragend an. »Falls Sie mich mal anrufen möchten«, sagt sie ein wenig verlegen, bemüht sich aber streng, dieses zu verbergen. Unauffällig betrachte ich sie einen kurzen Augenblick genauer und stelle fest, dass sie wirklich hübsch aussieht. Ihr makelloses Gesicht wird von unzähligen Sommersprossen übersät, die ihre grünen Augen perfekt zur Geltung kommen lassen. Ihr enganliegendes, gelbes Kleid lässt erahnen, dass sie viel Sport treibt und Wert auf ihre Figur legt. Dennoch hindert mich irgendetwas daran, mich auf ein Treffen einzulassen.

»Das ist sehr schmeichelhaft von Ihnen, aber ich bin bereits in festen Händen«, lüge ich und schenke ihr ein bedauerndes Lächeln. »Oh«, haucht sie nur.

»Na ja, ein Versuch war es wert«, fährt sie fort und wird augenblicklich tomatenrot im Gesicht. Ich bedanke mich für ihren freundlichen Service und verabschiede mich höflich. Als ich den Laden verlasse, spüre ich ihren eindringlichen Blick auf mir ruhen und fühle mich unversehens unwohl. Angespannt atme ich die kühle, wohltuende Luft ein und mache mich auf den Weg zurück ins Apartment. Irritiert schüttle ich den Kopf und muss grinsen. Ich habe mich nie als Beziehungsmenschen gesehen und stelle erleichtert fest, dass ich an dieser Einstellung auch so schnell nichts ändern möchte. Die einzige Priorität die ich momentan habe, ist meinen Job. Ich habe keinen Platz für weitere Verantwortung in meinem Leben und wenn ich eines aus meinen Erfahrungen gelernt habe dann, dass Beziehungen niemals gut gehen und nichts als Ärger mit sich bringen.

Kapitel 14

Die letzten Wochen habe ich hauptsächlich damit verbracht, mir das Apartment halbwegs wohnlich zu machen, die Umgebung mit dem Motorrad zu erkunden und nach Aufträge Ausschau zu halten. Obwohl ich es mir fest vorgenommen hatte, habe ich es noch nicht zu dem Grab meiner Mom geschafft. Zu tief sitzen der Schmerz und die Leere, die sie hinterlassen hat. Unbehaglich greife ich nach meinem Motorradhelm und beschließe widerwillig zu dem Friedhof zu fahren, mein Gewissen gestattet mir keine weiteren Verzögerungen mehr. Es ist ein verregneter Nachmittag und eigentlich habe ich gar keine Lust, das Haus zu verlassen, doch irgendwie spiegelt das Wetter meine Stimmung wider, was es für mich tröstlicher macht. Vor ihrem Grab angekommen, knie ich mich vor dem Grabstein hin und starre auf die Gravur.

Mary Evans.

Einen Augenblick schließe ich die Augen und unwillkürlich drängen sich prompt die Bilder in mein Gedächtnis, wie ich sie vor wenigen Wochen leblos in der Badewanne gefunden habe. Ich balle meine Hände zu zornigen Fäusten und stehe auf. Ich halte es hier keine Sekunde länger aus, daher beschließe ich, unverzüglich zu meinem Motorrad zu gehen und wieder nach Hause zu fahren. Nach wie vor verstehe ich nicht, wieso sie das getan hat und werde bei dieser Überlegung, wie jedes Mal, direkt wütend.

Diese Entscheidung von ihr hat mein Leben gänzlich mit zerstört, doch scheinbar war ihr das schlichtweg egal. Brüskiert setze ich mir meinen Helm auf und fahre im Eiltempo davon.

Als ich die verregnete Straße entlangfahre, sehe ich im Augenwinkel eine zierliche, brünette Frau auf einer unauffällig platzierten Treppe in der kleinen Gasse links von mir hocken. Instinktiv bringe ich mein Motorrad zum Stehen und parke direkt gegenüber von ihr. Sie scheint so in ihre Gedanken vertieft zu sein, dass sie mich gar nicht bemerkt.

Mit schmerzerfülltem Blick wischt sie sich eine Träne von ihrer blassen Wange, umschlingt ihre Knie und legt verzweifelt den Kopf darauf. Ich lasse meinen Helm auf dem Motorradsitz liegen und gehe einige Schritte auf sie zu. Obwohl ich schon fast vor ihr stehe, scheint sie mich noch immer nicht zu bemerken. Skeptisch werfe ich einen Blick zu meinem Motorrad rüber und überlege, einfach weiterzufahren. Doch ich kann nicht, denn irgendetwas hindert mich entschieden daran, mich einfach umzudrehen und zu gehen.

»Kann ich dir vielleicht helfen?«, frage ich sie so lässig wie es mir möglich ist. Erschrocken schaut sie zu mir hoch und blinzelt hektisch. »Keine Ahnung, kannst du?«, blafft sie mich an. Sie fixiert mich mit ihren blauen, verweinten Augen und sieht mit ihrer blassen Haut, der unübersehbaren schmalen Silhouette und dem langen, brünetten Haar, einfach elfengleich aus. Abwehrend hebe ich die Hände und grinse sie an. »Sorry, du sahst so aus, als ob du Hilfe brauchen könntest«, sage ich und fahre mir leicht unbehaglich mit der Hand durchs Haar. Da sie nichts entgegnet und mich skeptisch beäugt, setze ich mich spontan einfach neben sie. »Mieser Tag?«, frage ich geradeaus.

»Mieses Leben«, antwortet sie und versucht die Spuren ihrer Tränen wegzuwischen. Wie sie dort sitzt und verzweifelt versucht ihre Trauer zu verbergen, berührt mich aus unerklärlichen Gründen zutiefst. Da ich Angst habe, dass sie einfach aufsteht und verschwindet, versuche ich etwas Zeit zu schinden.

»Ich hole uns einen Cappuccino aus dem Café nebenan. Was hältst du davon? Du trinkst doch Kaffee, oder?«, frage ich sie in der Hoffnung, dass sie noch eine Weile bleibt.

Sie blickt mich so verwirrt an, dass ich mir nur schwer ein Grinsen verkneifen kann.

»Nein«, sagt sie entschieden. »Ich kenne dich doch gar nicht«, fügt sie eine Tonspur milder hinzu. Also das ist ihr Problem? Erleichtert grinse ich sie an.

»Oh, wie unhöflich von mir. Ich bin James. Und da du mich jetzt kennst, möchte ich dich bitten, hier zu warten, während ich uns einen Cappuccino hole.«

Bevor sie mein Angebot verneinen kann, drehe ich mich um und gehe schnurstracks Richtung Café.

»Ich bin Marissa«, ruft sie mir hinterher. Ich drehe mich zu ihr und nicke ihr freundlich zu. Folglich schenkt sie mir ein kleines Lächeln, woraufhin mein Herz eine Etage tiefer rutscht. Sie sieht verweint schon wunderschön aus, doch wenn sie lächelt ist es, als würde ich plötzlich von einem imaginären Magneten angezogen werden, der sich in ihrer Aura versteckt und mich zwingt, so nah bei ihr zu sein, wie es nur möglich ist. Schlagartig durchfährt mich ein angenehmes, warmes Gefühl und es fühlt sich so an, als würde mein Herzschlag einen kurzen Augenblick aussetzen. Bevor ich sie noch länger wie ein Verrückter anstarre und sie es mit der Angst zu tun bekommen kann, wende ich mich von ihr ab und hole uns den versprochenen Cappuccino.

Nachdem ich erleichtert feststelle, dass sie auf mich gewartet hat, reiche ich ihr einen Becher Cappuccino. Eine ganze Weile unterhalten wir uns über belanglose Dinge. Ich erzähle ihr von meinem Apartment in Downtown und wie gern ich als Maler arbeite. Sie hört zurückhaltend, aber scheinbar interessiert zu und manchmal huscht ihr sogar der Anflug eines Lächelns übers Gesicht. Als es zwischen uns schweigsam wird, versuche ich die Stille zu durchbrechen.

»Was ist mit dir? Wieso warst du so aufgelöst?«, frage ich und sehe sie ernst an. Sichtlich unbehaglich rutscht sie ein wenig auf der Treppe hin und her und setzt einen nachdenklichen Gesichtsausdruck auf. Nach einer kurzen Zeit des Schweigens sieht sie mich schwermütig an.

»Ich hatte einen riesigen Streit mit meinem Mann«, sagt sie niedergeschlagen und sofort bemerke ich, dass sich erneut Tränen in ihren Augen bilden. Sie ist verheiratet? Wieso fühlt sich diese Information gerade so an, als würde mir jemand Zahnstocher unter die Fingernägel schieben? »Das muss ein heftiger Streit gewesen sein«, sage ich und wische ihr behutsam eine Träne von der Wange. »Tut mir leid«, entschuldigt sie sich, sichtlich bemüht mir nicht zu zeigen, wie tief sie verletzt ist. »Was tut dir denn leid?«, frage ich verwundert. »Dass ich die ganze Zeit heule

und dich mit meiner Scheiße zutexte.« Erneut versucht sie ihre Tränen zu verbergen und wendet sich von mir ab. Ohne nachzudenken ziehe ich sie wie selbstverständlich in meine Arme, lege ihr eine Hand um die schmale Schulter und meine andere so um ihr Gesicht, dass ihr Kopf auf meiner Brust ruht. Zärtlich streiche ich ihr eine Haarsträhne aus dem tränennassen Gesicht. Sie atmet schwer, doch einen kurzen Augenblick später entspannt sie sich merklich. Ich habe das unstillbare Verlangen, ihr einen Kuss aufs Haar zu hauchen, doch ich befürchte, das könnte sie verschrecken. Als sie sich leise seufzend von mir löst, blickt sie mir beschämt in die Augen. »Ich danke dir«, flüstert sie und in ihrem Blick zeichnet sich tiefe Dankbarkeit ab.
»Ich habe doch gar nichts gemacht«, wiegle ich ab.
»Doch wenn ich je etwas für dich tun kann, lass es mich wissen.« Hoffnungsvoll grinse ich sie an. Verlegen blinzelt sie hektisch.
»Okay«, haucht sie, steht etwas ungeschickt auf und verabschiedet sich für meinen Geschmack viel zu schnell. Fieberhaft überlege ich, wie ich sie zum Bleiben überreden kann, oder besser noch, wie ich es erreichen kann, sie wiederzusehen. »Rufst du mich mal an?«, rufe ich ihr mit angehaltenem Atem hinterher. Sofort dreht sie sich herum und

fängt nervös an zu kichern. Bestimmt hält sie mich für einen Vollidioten. »Meinst du das ernst?«, fragt sie zweifelnd. *Wieso sollte ich das nicht ernst meinen, Sweetheart?*
»Gib mir dein Handy«, fordere ich sie ohne zu zögern auf und strecke ihr, halb erwartungsvoll und halb belustigt über ihren Blick, meine Hand entgegen. Als sie es mir kommentarlos reicht, habe ich Mühe, mir meine Freude nicht anmerken zu lassen. Schnell speichere ich meine Nummer ein und gebe ihr das Handy lächelnd zurück.

Am nächsten Morgen schaue ich erwartungsvoll auf mein Handy, doch zu meiner Enttäuschung habe ich weder einen Anruf, noch eine SMS in Abwesenheit. Als ich einen Blick auf die Uhr werfe, bemerke ich erschrocken, dass es schon fast acht Uhr ist und springe gehetzt aus dem Bett. Eilig stelle ich mich unter die Dusche und mache mich auf den Weg zu meinem fast vergessenen Termin.

Seit zehn Uhr in der Früh stehe ich nun vor den alten Arcaden am hintersten Ende des Stadtviertels und lasse mir von meinem neuen Auftraggeber, Mr. Dinsmore, seine Vorstellungen diktieren. Der ältere Herr hat alles ganz genau durchgeplant und bemüht sich nicht mal, seine Skepsis vor

mir zu verbergen. »Und Sie waren wirklich schon mal an einer Restaurierung beteiligt?«, fragt er mich zum gefühlt fünfzigsten Mal. Aber ich brauche diesen Auftrag dringend, also setze ich meine freundlichste Miene auf und versichere ihm im ruhigen Tonfall, dass ich bereits über ausreichend Erfahrung verfüge. Er reicht mir einige Schriftstücke mit seinen genauen Vorstellungen darauf und verabschiedet sich nach geschlagenen drei Stunden von mir. Gerade als er aus meinem Blickfeld verschwunden ist, klingelt mein Handy. Ohne aufs Display zu sehen gehe ich ran.
»Ja?«, sage ich gereizter als beabsichtigt.
»Hi, hier ist Marissa«, ertönt es am anderen Ende der Leitung zögerlich. »Marissa!« Welch eine Überraschung von ihr zu hören. »Wie schön, von dir zu hören. Was kann ich für dich tun?« Angespannt halte ich den Atem an. »Ich habe durch mein Handy gescrollt und bin irgendwie bei deinem Namen stehen geblieben«, sagt sie beinahe so, als ob sie es bedauern würde. Immerhin hat sie mich tatsächlich angerufen. Lächelnd spiele ich mit dem Gedanken, mit ihr den Nachmittag zu verbringen. Ich könnte mit ihr runter an den See fahren, wenn sie das möchte. »Bist du noch dran?«, reißt sie mich aus meinen Gedanken raus.

»Wollen wir uns gleich treffen? Ich würde dir gern etwas zeigen.« Nervös laufe ich auf und ab und warte gespannt auf ihre Antwort. *Bitte sag einfach ja.*

»Ich kann nicht rausgehen«, gesteht sie atemlos. Was soll das bedeuten? »Wieso kannst du nicht rausgehen? Hat es etwas mit deinem Mann zu tun?« Augenblicklich stelle ich mir unwillkürlich vor, dass er sie zuhause einsperrt und spanne wütend meinen Unterkiefer an. »Kannst du in einer Stunde bei dem kleinen Café sein?«, frage ich gespannt, als sie nicht antwortet. »Ich weiß es nicht.« *Wenigstens kein nein.* Urplötzlich erscheint Mr. Dinsmore erneut in meinem Blickfeld und sieht mich ungeduldig an. Was will der denn schon wieder? »Ich werde dort auf dich warten«, sage ich in der Hoffnung, dass sie darauf eingeht und lege auf.

»Das habe ich vergessen«, erklärt Mr. Dinsmore mit entschuldigendem Blick und reicht mir seine Visitenkarte. Höflich stecke ich sie ein und verabschiede mich mit einem leichten Kribbeln in der Bauchgegend, während ich mit meinen Gedanken ausschließlich bei Marissa bin.

Seit ungefähr zehn Minuten stehe ich nun vor dem Café und warte leicht ungeduldig auf Marissa. Ich frage mich, ob sie noch kommt und wieso sie sich so unsicher war, ob sie es überhaupt hierhin schafft. Vielleicht war ich zu aufdringlich? Schnell versuche ich diesen Gedanken abzuschütteln. Als ich meinen ungeduldigen Blick erneut auf die Straße richte, sehe ich sie von Weitem schon kommen. Erfreut gehe ich ihr entgegen und betrachte sie noch einmal mit vollster Aufmerksamkeit. Sie trägt eine graue Stoffleggings, die ihre sehr schlanken Beine betonen, schwarz -weiße Sneakers und einen schwarzen Strickmantel. Ihre blasse Haut errötet kaum merklich, als sie mir gegenübersteht.

»Hey«, begrüße ich sie und schließe spontan meine Arme und sie. Sichtlich überrascht erwidert sie meine Umarmung.

»Komm mit«, sage ich freudig und greife wie selbstverständlich nach ihrer Hand. Als wir vor meinem Motorrad stehen, reiche ich ihr meinen Helm. Fragend blickt sie mich an. »Wir machen eine kleine Tour«, erkläre ich.

Wider Erwarten nestelt sie mit einem besorgten Ausdruck in den Augen an ihren Haaren und wirkt sichtlich nervös.

»Was hast du denn vor?«, fragt sie mit eindeutigem Unbehagen in der Stimme.

»Das wirst du erfahren, sobald wir dort sind.« Ich grinse sie verschwörerisch an und hoffe ihre Neugier geweckt zu haben. Da sie nervös und sichtlich unzufrieden, ohne mich

anzusehen, einfach stehen bleibt, wundere ich mich, was sie so zu beschäftigen scheint. »Was ist denn los?«
Unglücklich sieht sie mich eine Weile schweigsam an, doch ich kann erkennen, dass sie fieberhaft nachzudenken scheint. »Ich kann mich nicht einfach auf dein Motorrad setzen und unbeschwert mit dir zum Ort X fahren. Genauso wenig kann ich mit meiner besten Freundin shoppen gehen oder meinen Wocheneinkauf alleine bewältigen, ich *kann* es *nicht*!«, schreit sie mich plötzlich an. »Was hat das zu bedeuten?«, frage ich irritiert. »Ich verstehe nicht.«
Ohne eine weitere Erklärung wendet sie mir ihren schmalen Rücken zu und geht schnurstracks die kleine Straße runter. Perplex folge ich ihr und versperre ihr den Weg.
»Marissa, erkläre es mir bitte. Du kannst mich nicht einfach kommentarlos hier stehen lassen«, fordere ich sie auf. Zornig sieht sie mich an.
»Ich *kann* vieles nicht, aber *das* kann ich sehr wohl«, faucht sie mich an. Reflexartig weiche ich einen Schritt zurück. Was hat sie bloß, was ist mit ihr denn los?
Niedergeschlagen bleibt ihr Blick auf dem Boden haften und augenblicklich sieht sie unendlich traurig aus. Vorsichtig greife ich nach ihrer Hand und suche ihren Blick.

»Wie wäre es, wenn wir uns in die kleine Gasse setzen und du mir erzählst was los ist?« Glücklicherweise stimmt sie zu.

Nach einer kurzen Zeit der Stille fasst sie sich ein Herz und fängt, ohne mich anzusehen, zu erklären an. »Ich habe eine sehr ausgeprägte Angststörung. Mir fällt es schwer, außerhalb des Hauses zu sein. Mir wird schwindelig, ich habe das Gefühl, keine Luft mehr zu bekommen oder ohnmächtig zu werden und dazu habe ich ständig Todesängste. Wieso das so ist, kann ich dir nicht beantworten, aber es ist ein unsagbar starkes und unbezwingbares Gefühl, das ich nicht kontrollieren, geschweige denn abschalten kann.«
Sie macht eine kurze Pause und sieht mich prüfend an. Ich versuche zu begreifen, was sie mir zu erklären versucht und frage mich, wie sie es schafft, damit umzugehen.
»Woher kommt das?«, frage ich geradeaus und schaue sie interessiert an.
»Ich weiß es nicht«, antwortet sie aufrichtig.
»Es kam schleichend. Eines Tages konnte ich plötzlich nicht mehr in die U-Bahn steigen, dann kam ich nicht mal mehr in die Bäckerei, die gerade mal zwei Straßen von mir entfernt ist. Mit der Zeit habe ich es hingenommen und daraufhin

hat es sich verselbstständigt. Irgendwann war mein Radius so weit eingeschränkt, dass ich kaum noch das Haus verlassen konnte.«

Gespannt höre ich ihr zu. Überraschenderweise erzählt sie mir von ihrem offensichtlich grässlichen Elternhaus und zu meiner Verblüffung, von ihrer kaputten Ehe. Es fällt mir schwer, nicht erleichtert aufzuseufzen, denn auf einmal sehe ich Hoffnung für uns. Ab und an nicke ich gespannt oder ziehe überrascht die Augenbrauen hoch, ich lasse sie aber einfach weitererzählen, weil ich es wahnsinnig überwältigend finde, dass sie mir das anvertraut. Sanft drücke ich ihre Hand, es fühlt sich einfach unglaublich gut an, so nah bei ihr zu sein. Plötzlich klingelt ihr Handy. Unruhig wirft sie einen Blick aufs Display und scheint sichtlich nervös zu sein. »Ich muss da rangehen«, sagt sie entschuldigend und deute auf ihr Handy.

»Hallo«, meldet sie sich argwöhnisch. Ich höre dumpf eine raue Männerstimme am anderen Ende der Leitung.

»Ich mache einen kleinen Spaziergang«, sagt sie und wirkt zunehmend eingeschüchtert. Ich nehme lautes Gemurmel wahr und einige Sekunden später legt sie betrübt auf.

»Ich muss gehen«, gesteht sie geknickt. *Jetzt schon?* Ohne mir meine Enttäuschung anmerken zu lassen, sehe ich ihr eindringlich in die Augen.

»Wann sehe ich dich wieder?«, frage ich sie, woraufhin sie einen Blick aufsetzt, als hätte ich komplett den Verstand verloren.

»Wieso willst du das denn überhaupt?«, fragt sie skeptisch.

»Wieso denn nicht?«, frage ich und grinse dieses wunderschöne Mädchen an. Zaghaft lächelt sie zurück.

»Ich fahre dich«, sage ich bestimmend, denn ich will keine einzige Sekunde die ich mehr haben kann, mit ihr verpassen. Einverstanden nimmt sie meine Hand und wir schlendern langsam zu meinem Motorrad.

Verschlafen räkle ich mich im Bett und stelle überrascht fest, dass es beinahe Mittag ist. Mürrisch stehe ich auf und stelle mich unter die Dusche. Ich müsste dringend noch einige Besorgungen erledigen, aber ich habe keine große Lust, mich in der Mittagszeit durch Downtown zu quetschen. Halefordcity ist für meinen Geschmack eindeutig viel zu beengend. Bei diesem Gedanken komme ich mir vor wie ein versnobtes Landkind. Widerwillig schnappe ich mir meine Schlüssel und meinen Helm und schlüpfe in meine

Lederjacke. Lustlos mache ich mich auf den Weg ins bevorstehende Gedränge.

Der große Platz, das Herzstück in Downtown, ist wirklich gut besucht. Ich habe Mühe mich an den Menschenmassen vorbeizuschlängeln. Gestresst versuche ich, mir einen Weg bis zur Mall freizumachen, als mir eine zierliche, hübsche Frau sofort ins Auge sticht. Es ist Marissa. Sie steht wie angewurzelt einfach mitten auf dem Platz und hat offensichtlich Schwierigkeiten, ihre Nervosität zu verbergen. Ich zwänge mich an den Leuten vorbei, bis ich direkt hinter ihr stehe. Um sie nicht zu erschrecken, berühre ich nur vorsichtig ihren Arm. Augenblicklich dreht sie sich zu mir und schaut halb erschrocken und halb überrascht in mein Gesicht. Sie sieht so niedlich aus, wie sie mich mit ihren großen, blauen Augen fixiert, dass ich mir ein Grinsen nicht verkneifen kann. Da es mich mit Freude erfüllt sie hier so unerwartet zu treffen, schließe ich spontan meine Arme um sie. Plötzlich lässt sie ruckartig von mir ab und sieht sich nervös um.

»Was machst du so alleine hier?«, frage ich sie verblüfft.

»Er hat mich mitgeschleift«, sagt sie sichtlich genervt und nickt zu einem Anzugtypen. Ist das ihr Mann? Irgendwie habe ich ihn mir ganz anders vorgestellt, aber ich erkenne auf den ersten Blick, dass mit diesem Typ irgendetwas nicht stimmt.

»Und jetzt lässt er dich alleine in der Kälte stehen? Wie charmant. Wie wäre es, wenn wir uns dort in das kleine Café setzen und aufwärmen? Ich lade dich ein.«

»Ich kann nicht!«, entgegnet sie sofort, ohne über meinen Vorschlag nachzudenken.

»Ich kann sehr überzeugend sein«, raune ich und verspüre das ungeheure Verlangen, sie einfach mit mir mitzunehmen. Träge schüttelt sie ihren Kopf.

»Ich bin mir sicher, dass du das bist«, sagt sie und sieht mich skeptisch an.

»Aber es geht nicht.« Ich sehe sie eindringlich an und versuche mir einen Reim daraus zu machen, wovor sie sich so fürchtet. In ihrem wunderschönen, blassen Gesicht zeichnet sich eine leichte Röte von der Kälte ab. Noch immer taxiert sie mich mit ihrem Blick und sieht schlagartig unheimlich traurig aus.

»Vielleicht wäre es besser, wenn du jetzt gehst«, schlägt sie vor und wendet sich ruckartig von mir ab. *Sie will jetzt einfach so gehen?* Instinktiv packe ich sie am Arm, um sie am Gehen zu hindern und drehe sie zu mir. Ich denke ungefähr

eine Sekunde nach und beschließe, dass ich sie einfach küssen muss. Einen kurzen Augenblick erwidert sie meinen Kuss nur zaghaft, doch dann vergräbt sie ihre Hände in meinen Haaren und presst ihren zierlichen Körper ein
wenig enger an mich. Mit jeder Sekunde die verstreicht wird mir bewusst, wie sehr ich sie will, wie sehr ich will, dass es ihr gut geht. Mein Herzschlag galoppiert so schnell, dass mir beinahe schwindelig wird. Als ich mich widerwillig von ihr löse, sieht sie mir durcheinander in die Augen. Sofort beschließe ich, dass ich sie wiedersehen muss. Unmissverständlich stelle ich fest, dass es mehr als nur eine Schwärmerei ist. Obwohl ich sie kaum kenne, hat sie etwas in mir berührt, durch sie fühle ich mich wieder... *lebendig.*
Ich werde um Marissa kämpfen, denn irgendetwas in mir sagt mir, dass sie mich genauso sehr braucht, wie ich sie brauche.

Epilog

Liebe... für viele nur ein Wort, für mich alles, das überhaupt eine Bedeutung hat.

Die Liebe hat mich vor allem gerettet, aber am meisten vor mir selbst.

Die Liebe hat mir alles gegeben, aber vielleicht auch alles genommen.

Aber das war es wert...

Liebe Leserinnen und Leser,

vielen Dank, dass Sie sich zum Kauf meines Buches entschieden haben. Ich möchte gerne einige Worte an Sie richten, die mir am Herzen liegen. Die Lebensphilosophie unserer Gesellschaft sollte sich dringend ändern.

Jeder lebt für sich, niemand gibt mehr auf den anderen acht, wird auf Dauer nicht funktionieren. Wenn Sie jemanden in Ihrem Umfeld kennen der Hilfe benötigt, zögern Sie bitte nicht, diese Person behutsam darauf anzusprechen. Viele Menschen, Betroffene, wären dankbar, wenn sie das Gefühl bekommen, ernstgenommen zu werden und nicht alleine mit ihrer Problematik dazustehen. Selbst wenn Sie das Leiden des anderen nicht nachvollziehen oder verstehen können, so können Sie mit ihrer Unterstützung dennoch etwas bewirken. Lassen Sie uns gemeinsam dazu beitragen, dass Angststörungen, Depressionen, Essstörungen und andere psychische Leiden nicht mehr totgeschwiegen und belächelt werden. Gemeinsam sind wir stark, und jeder einzelne von uns kann mit wenig Mühe einen Teil dazu beitragen, dass Betroffene Stück für Stück wieder am gesellschaftlichen Leben teilnehmen können.

„Lost in doubts", die spannende Fortsetzung zu „Lost in myself" erscheint im März 2018!

Vielen, vielen Dank fürs Lesen!!!